Los del medio

Editorial Bambú es un sello
de Editorial Casals, SA
Título original: *The Middler*

Esta traducción ha sido publicada mediante
acuerdo con Nosy Crow Limited.

Casp, 79 – 08013 Barcelona
Tel.: 902 107 007
editorialbambu.com
bambulector.com

Diseño de la colección: Estudi Miquel Puig

Primera edición: septiembre de 2020
ISBN: 978-84-8343-605-9
Depósito legal: B-12657-2020
Printed in Spain
Impreso en Anzos, SL
Fuenlabrada (Madrid)

LOS DEL MEDIO

Kirsty Applebaum

Traducción de María Alonso Gómez

bambú
EDITORIAL

A Jacqui C.

Prólogo

El mayor, Jed, fue el primero de todos nosotros
en nacer.
El pequeño, Trig, nació cuatro años después.
Y yo, Maggie, entre uno y otro. La del medio.
Me llevé la peor parte.

LUNES
1 DE SEPTIEMBRE

Capítulo 1

Saqué la carpeta con las páginas de mi diario de verano del cajón. Casi todas las hojas de papel encajaban. En la última había dibujado una mariposa almirante rojo. Tenía las alas negras y unas rayas rojas brillantes, igual que las que habíamos visto en los campos de mariposas.

Estiré el lazo amarillo de lana que lo sujetaba todo y pasé las manos por la cubierta para alisarla. No iba a llevarse el premio al Mejor Diario, ese premio caía siempre en manos de un mayor, pero, tal vez, el segundo puesto...

Bajé las escaleras con el diario entre las manos.

–¿Lista, Mag? –Trig estaba esperando con la puerta de la calle abierta, inclinado hacia fuera y cogido al marco con ambas manos. Su diario descansaba sobre el felpudo, atado con un trozo de cuerda de cáñamo–. No es hora de irse todavía, ¿verdad que no, papá? No es hora de irse.

–Oh, Maggie. –Mi padre negó con la cabeza al verme las piernas–. Tenemos que hacer algo sin falta con ese uniforme.

Te queda más corto todavía de lo que te quedaba antes de las vacaciones.

Estiró el bajo del vestido hacia las rodillas. En cuanto lo soltó, volvió a encogerse.

–¡Jed! ¡Jed! ¡Jed! –gritó Trig tan fuerte que su rostro enrojeció.

–¡Un momento! –la voz de Jed resonó desde lo alto de la escalera.

Mamá salió de la cocina, con las botas puestas, lista para pasar todo el día en los campos.

–Idos sin él –dijo–. Si llega tarde, es su problema.

–Vamos, Maggie. –Trig recogió su diario, pero yo no pensaba ir a ningún sitio hasta que Jed bajara.

Al fin, apareció, con la camisa a medio poner y la barbilla manchada de mermelada.

–¿Te has acordado de coger el diario de verano? –preguntó Trig.

–Lo llevo aquí. –Se volvió y se dio una palmada en el bolsillo trasero del pantalón, del que sobresalían un montón de hojas arrebujadas.

Papá fue a limpiarle la mermelada de la cara, pero Jed lo apartó con el brazo. Atravesamos la puerta y nos sumergimos en el cálido aire de septiembre.

Lo de correr no iba con Trig. Fue todo el camino a la escuela sujetando el diario con las dos manos. Jed y yo teníamos que pararnos en todas las esquinas para esperarlo.

* * *

«Buenos días, señora Zimmerman;
buenos días, señor Temple;

buenos días, señorita Conteh;
buenos días, señor Webster;
buenos días a TODOS».

La escuela olía a principio de curso. A aceite de linaza y detergente en polvo.

–Huele raro. ¿A que sí, Maggie? ¿A que sí, Jed? Huele raro. –comentó Trig, inquieto, y arrugó la nariz.

–Shhh –le chisté.

Lindi Chowdhry estaba sentada en el suelo delante de nosotros, con las piernas cruzadas, la espalda bien erguida y el cabello largo. Tenía un volante nuevo cosido al dobladillo del vestido. Jed se inclinó hacia delante para estar más cerca de ella.

La señora Zimmerman dio una palmada a la altura de la cintura:

–El señor Webster ha tenido la amabilidad de pasarse buena parte del verano lijando y tratando con aceite el suelo del vestíbulo. Somos muy afortunados, ¿no os parece?

Abrí los dedos de las manos y posé las palmas sobre la suave superficie de madera. A saber el tiempo que le había llevado hacerlo.

–Y ahora, todos mirando al suelo, que empieza el cántico matutino.

«Los mayores son héroes.
Los mayores son especiales.
Los mayores son valerosos.
Miserables aquellos que retengan a un mayor.
Y miserable también su familia.

Y, sobre todas las cosas,
miserables los errantes.
Que la paz reine en la Guerra Silenciosa,
que reine de verdad y para siempre».

La señora Zimmerman levantó la cabeza, la inclinó hacia un lado y sonrió.

–Bienvenidos a este nuevo curso escolar en Fennis Wick. Espero que hayáis disfrutado del descanso de las vacaciones.

Nos mordíamos las uñas y recorríamos las paredes desnudas con la mirada mientras ella se perdía en toda aquella palabrería que se esperaba que pronunciara la directora de una escuela a principio de curso.

–Además de lijar los suelos, el señor Webster nos ha cavado unos retretes. Aseguraos de que utilizáis los nuevos y dejad los viejos para compostaje. Lo ha dejado todo magníficamente señalizado.

Dedicamos un aplauso al señor Webster.

–La señorita Conteh vuelve a estar con nosotros después de haber dado a luz a su bebé, un varón al que han puesto de nombre Michael. Un mayor. Esperamos que a la hora de comer venga el padre con él a hacernos una visita.

Dedicamos un aplauso a la señorita Conteh.

–Dos de nuestros alumnos, Sally Owens y Deb Merino, ambos mayores, por supuesto, cumplieron catorce años durante el verano y se incorporaron al campamento.

Dedicamos un aplauso a Sally Owens.

Dedicamos un aplauso a Deb Merino.

–Y otros dos alumnos se incorporarán al campamento este próximo sábado: Jed Cruise y Lindi Chowdhry.

Jed se inclinó hacia delante y dio un toque a Lindi en el hombro.

Yo empezaba a tener las manos saturadas de tanto aplauso.

–Y, justo antes de que regresemos a las aulas, vamos a recibir una visita muy especial que ha venido a traernos una noticia importante.

La señora Zimmerman extendió el brazo hacia la puerta del vestíbulo.

No entró nadie.

–Eh..., hoy recibimos una visita especial que nos trae una noticia importante –repitió elevando el tono de voz.

No entró nadie.

El señor Temple carraspeó. Señaló con la cabeza hacia la ventana.

La alcaldesa Anderson estaba sentada sobre el muro que cercaba la zona de juegos de los pequeños, tenía los pies posados sobre un coche de carreras y sostenía con las dos manos ahuecadas un enorme bocadillo. De queso, se diría por el aspecto. Acabó de masticar, tragó el bocado y nos saludó con la mano.

Algunos le devolvimos el saludo.

La señora Zimmerman inhaló hondo y dijo:

–¿Sería tan amable de comunicarle a la alcaldesa que ya estamos listos para recibirla, señor Temple?

* * *

–Muy bien. –La alcaldesa Anderson se situó en el centro del vestíbulo, recién tratado y abrillantado, con el cabello recogido en una desaliñada cola–. No voy a andarme con rodeos ni a daros la murga con esa cantinela de «¿qué habéis aprendido este verano?». Eso se lo dejo a los maestros, si os parece.

Nos guiñó un ojo y se oyeron unas cuantas risitas entre el público.

La señora Zimmerman cerró los ojos.

–He venido a comunicaros –prosiguió la alcaldesa– que nos han llegado noticias de la existencia de errantes a solo ocho kilómetros al sur de la frontera de nuestro pueblo.

¿Errantes?

Las risitas se interrumpieron.

La señora Zimmerman abrió los ojos.

Un escalofrío me recorrió la espalda.

–Así es –la alcaldesa asintió–. Ayer estuve en la ciudad. Me reuní con algunos compañeros. Hacía tiempo que no teníamos errantes en la zona, pero parece que cada vez son más. –Se tomó un instante para recorrer la sala lentamente con los ojos, de un extremo al otro, y captar entre nosotros el máximo número de miradas.

–En efecto –prosiguió–. ¿Por qué no queremos errantes cerca? ¿Alguien lo sabe?

Trig alzó el brazo todo lo que pudo. Logró incluso elevarlo más aún con ayuda de la otra mano. Era imposible que la alcaldesa Anderson no lo viera.

–Muy bien. Cuéntanos, Trig.

–Porque son..., eh... –Trig miró al techo de esa forma en que uno lo hace cuando está tratando de recordar algo–. Mugrientos, malignos y... mentirosos.

–Mugrientos. Malignos. Mentirosos –la alcaldesa Anderson arrojó las palabras contra nosotros, contándolas con los dedos–. Y eso –añadió– que se supone que están de nuestro lado en esta guerra.

Entrelazó las manos a su espalda y comenzó a tambalearse hacia delante y hacia atrás sin mover los pies de su sitio.

–Nuestro país es uno de los pocos lugares (puede ser que incluso el único) que ha conseguido mantener al enemigo a raya. ¿Por qué creéis que es así?

Trig volvió a alzar el brazo.

–Nuestra geografía ha ayudado, sin duda. –La alcaldesa Anderson asintió mirando a Trig, como si él le hubiera dado una respuesta que en realidad no le había dado–. Eso y la maravillosa capacidad de este país para la autosuficiencia. –Volvió a asentir–. Pero el verdadero motivo por el que nuestra nación sobrevive somos nosotros. Nuestra gente. –Abrió los brazos–. Somos un pueblo que se adapta. Estoico. Valiente. Que entiende la importancia de trabajar duro y del sacrificio por un bien mayor. Tenemos una larga historia de resistencia bélica. Lo llevamos en la sangre. Y los más valerosos de todos nosotros son, cómo no, los mayores.

Miró a Jed y a Lindi. Ellos volvieron a entrechocar los hombros.

–En el campamento –dijo la alcaldesa Anderson–, nuestros mayores se unen a la Guerra Silenciosa. Luchan con valentía. Luchan como héroes. Luchan para mantenernos a salvo a nosotros, aquí en casa. Mi hija, mi única hija, Caroline, este mes hará diez años que se marchó al campamento. Yo no puedo estar más orgullosa.

Dedicamos un aplauso a Caroline.

La alcaldesa levantó una mano.

–Pero –prosiguió– los errantes no envían a sus mayores al campamento. –Sacudió la cabeza con un gesto lento–. Quienes los protegen del enemigo son nuestros valerosos héroes, porque ellos, egoístamente, se quedan consigo a sus propios mayores. Desobedecen el decreto de Andrew Solsbury que establece que TODOS nosotros debemos enviar a nuestros mayores al campamento. Ellos niegan a sus familias la opción de vivir en un pueblo de una manera civilizada y niegan a sus mayores la oportunidad de luchar por su país. Son mugrientos, malignos y mentirosos. ¿Queremos a los de esa especie cerca de nosotros, aquí en Fennis Wick?

–No, alcaldesa Anderson. –Todos negamos con la cabeza.

–Y no solo eso. –La alcaldesa se inclinó hacia nosotros y bajó el tono de voz hasta el susurro–. No solo eso: ya sabéis el horror que causaron los errantes la última vez que se aventuraron a acercarse a Fennis Wick. Mi propia hermana fue una de las víctimas.

Bajó la mirada hacia el suelo.

Uno de los pequeños de las primeras filas rompió a llorar.

A Trig empezaron a temblarle las rodillas.

–Bueno. –La alcaldesa dio un hondo suspiro y levantó la vista–. ¿Qué podemos hacer para mantenernos a salvo? ¿Cuál es la regla más importante de todas?

–No traspasar jamás la frontera –la respuesta escapó de la boca de Trig.

–Has dado en el clavo, Trig Cruise. «No traspasar jamás la frontera». Seguid esa regla y os mantendréis a salvo de los errantes. Recordad: mugrientos, malignos y mentirosos. ¿De acuerdo?

–Sí, alcaldesa Anderson –asentimos todos.

Sonrió. Con una de esas sonrisas en que las comisuras de los labios descienden en lugar de elevarse.

–¿Qué tal si cantamos la canción de la frontera para acabar? –La alcaldesa Anderson se frotó las manos–. ¿Señor Temple? ¿Le gustaría acompañarnos con el piano? Todavía funciona, ¿no?

El señor Temple levantó la tapa del piano. Entrelazó los dedos de las manos y extendió los brazos hacia delante. El crujido resonó por todo el vestíbulo.

–Ah, y una última cosa antes de cantar. –La señora Anderson ya no sonreía. Paseó lentamente la lengua por la parte delantera de los dientes–. Traspasar la frontera no es un riesgo solo para quien lo hace, sino que además pone en peligro a todo Fennis Wick. A todos sus amigos, sus familiares, sus vecinos. Y aquel que ponga en peligro a Fennis Wick será sometido a un duro castigo. De modo que mantengámonos a salvo. Y ahora, adelante, señor Temple.

El pequeño que estaba llorando estalló en un llanto aún más fuerte.

* * *

Ya en la clase, la señorita Conteh habló de la época anterior a la Guerra Silenciosa y de cómo eran las vacaciones estivales en ese tiempo. Contó que la gente solía viajar a otros países en avión. Yo dibujé un avión en la esquina inferior de mi pizarrín. Me chupé el dedo y lo borré.

A veces me preguntaba si los maestros sencillamente se inventaban las cosas.

Después del recreo, la señorita Conteh nos pidió los diarios de verano. Se paseó entre las mesas y, según los recogía, fue apilándolos sobre sus brazos.

–Esta misma tarde me los leeré –comentó– y mañana anunciaré los ganadores.

Al llegar mi turno, le tendí el mío con un gesto cuidadoso para que el lazo no se desbaratara.

–Gracias, Maddie.

¿Maddie?

Lindi se rio.

–Es Maggie, señorita Conteh, no Maddie.

–Oh, es cierto. Disculpa, Maggie, el bebé me ha despertado cuatro veces esta noche.

Colocó mi diario en la pila y puso encima otros seis que aplastaron el lazo.

Capítulo 2

Al salir de la escuela, nos quitamos el uniforme y fuimos al cementerio, situado junto a la frontera del seto. A la caza de errantes.

Fue idea de Jed.

–¡Vamos! –gritó desde arriba–, ¿quién quiere subir?

Se había encaramado al árbol más alto y tenía las piernas moteadas por las hojas y el sol. Parecía que llevase ropa de camuflaje. Las ramas crepitaban bajo el calor.

Trig, Lindi y yo levantamos la mirada deslumbrados.

–Mirad. –Jed señaló hacia el sur, más allá del seto de espino poblado de bayas rojas. El reloj del abuelo Cruise resplandecía en su muñeca–. La vista alcanza varios kilómetros.

El latido de mi corazón, pum-pum, pum-pum, pum-pum, bajo la camiseta.

–¿Ves algún errante? –Trig ahuecó las manos para hacerse sombra sobre los ojos.

–Qué va, todavía no –contestó Jed–. Tenemos que quedarnos vigilando y esperar.

Había subido muy alto. El estómago me hormigueaba solo de mirarlo.

–¿Crees que la alcaldesa nos dará una recompensa? –Yo también me hice sombra en los ojos con las manos–. Digo si descubrimos a uno. ¿Crees que leerá nuestros nombres en la asamblea?

Jed se rio.

–Tú jamás divisarás uno, Maggie. Eres una simple mediana. Si hasta te da miedo trepar al árbol.

–Sí, es verdad, todo te da miedo. –Lindi nos apartó de un codazo a Trig y a mí–. Atento, Jed, que subo.

Jed sonrió. Era su idea de paraíso: sentarse en una rama con Lindi y tenerla toda para él.

Lindi avanzó entre las tumbas excavadas bajo el árbol. Las lápidas exhibían nombres antiguos grabados en la piedra: «William Whittington y Georgina Millicent Cruise». Georgina Millicent Cruise era mi tátara-tatarabuela. Era curioso cómo olía el cementerio a hierba, tierra y árboles cargados de savia cuando, en realidad, estábamos rodeados por viejos parientes difuntos.

Lindi encontró un saliente nudoso del tronco donde apoyar el primer pie. Se impulsó y localizó un segundo agarre, luego un tercero, un cuarto, un quinto. No iba en pantalones cortos, como yo. Lucía un ridículo vestido blanco que habría dejado a la vista su ropa interior solo con subir un pequeño peldaño.

Ya estaba casi a la altura de Jed. Se me resecó la boca.

Tenían razón. Me daba miedo. Me daba miedo trepar. Y salir a cazar errantes. Me daba miedo todo. Pero ¿y qué?

¿Qué más daba? Si de todos modos no íbamos a cazar a ninguno.

Jed le tendió la mano a Lindi. Ella la tomó. Se recostó hacia atrás y soltó la otra mano.

El pie resbaló sobre la corteza seca.

Sus manos se soltaron.

Su ridículo vestido emprendió el vuelo y se le enredó en la cintura.

Se precipitó de cabeza contra la lápida de William Whittington y aterrizó en el suelo con el rostro cubierto de sangre.

Quedó tendida, completamente inmóvil.

El ruido de la cabeza contra la lápida resonó en mis oídos. Crac. Como si la hubieran golpeado con un ladrillo. Crac.

Sus bragas eran blancas, estampadas con pequeñas flores azules. Nomeolvides. Yo me acerqué y le bajé el vestido. No estaba bien que los muchachos vieran aquello.

* * *

Nadie chilló. Nadie gritó. Jed dijo algo irrepetible, pero lo dijo por lo bajo, como si el susto le hubiera quebrantado la voz. Luego, medio descendió medio saltó del árbol. Trató de incorporar a Lindi, pero no pudo levantarla. Sus manos quedaron cubiertas de sangre. Le despejó el cabello de la cara y, al hacerlo, se dibujó una línea roja en el lateral de la cabeza.

–Lindi –susurró con la voz quebrada–. Lindi. Lindi. Lindi.

–Está muerta –dije.

–No lo está; no puede ser –dijo Jed–. Tenemos que hacer algo.

Permanecimos allí, los tres Cruise, contemplando a Lindi Chowdhry con el vestido blanco, el rostro ensangrentado y el largo cabello oscuro extendido en la hierba.

–Hay que comprobar si respira –intervino Trig, el que es incapaz de dar un brinco, ni de correr, ni de hacer un nudo de rizo–. Si no respira, hay que respirar por ella. Primeros auxilios. Lo aprendimos en la escuela, ¿os acordáis? Hace mucho. –Tragó saliva–. Y uno de nosotros tiene que ir a buscar ayuda.

Jed se arrodilló junto a Lindi.

–Yo no pienso abandonarla. Ve tú, Maggie.

–¿Yo?

–Rápido, Maggie. Tienes que correr.

Así que eché a correr.

* * *

Atravesé corriendo el cementerio, saltando entre las tumbas de los viejos Parker y también las de los Stanbury; las briznas de hierba me golpeaban los tobillos. Descendí por el margen del campo de los Anderson. Unas mosquitas diminutas me chocaban contra los ojos, pero no me detuve a ahuyentarlas, me limité a parpadear y seguí corriendo. Al final del campo, trepé sobre las crestas de barro agrietado por el sol sin tropezarme una sola vez. Rodeé el viejo parque de caravanas que había al sur del pueblo chillando a grito pelado.

–¡Ayuda! ¡Ayuda! ¡Doctor Sunita!

Iba inhalando inmensas bocanadas de aire caliente y espeso. Llamaba a gritos también a la señora Chowdhry.

–¡Señora Chowdhry! ¡Señora Chowdhry!

Atravesé los huertos, saltando entre pepinos, ruibarbos y tomates.

–¿Qué pasa, muchacha?

Me detuve tan bruscamente que estuve a punto de caer.

Era Elsie Weather, estaba arrodillada junto a los bancales de fresas. Qué mala pata.

–¿Qué sucede, muchacha? ¿Qué ha pasado? –Se incorporó con ayuda de un garrote. Tenía dos esponjas viejas amarradas a las rodillas con unas gomas.

–Es Lindi, Lindi Chowdhry. Tengo que encontrar ayuda.

–Espera, muchacha. Tal vez la vieja Elsie pueda resultarte de ayuda. –Se sacudió la tierra de las esponjas de las rodillas.

–Debo darme prisa. Lindi se ha golpeado la cabeza. Se ha caído de un árbol. No se mueve –farfullaba las frases en el orden equivocado sin dejar de mirar hacia el pueblo.

Elsie Weather se pasó el garrote de una mano temblorosa a la otra. Tenía las uñas gruesas y amarillentas.

–Es una mayor, ¿no es cierto?

El sol me deslumbró al elevarse sobre los hombros de Elsie.

–Sí, pero... tengo que irme, señora Weather. Tengo que irme.

–Espera, pequeña Cruise. –Se inclinó hacia delante y me cogió la mano–. ¿Qué edad tiene esa Lindi?

Hundió el hueso del pulgar con fuerza en la palma de mi mano. Intenté soltarme.

–¿Cuánto le falta para ir al campamento?

–Señora Weather, no tengo tiempo.

Me atrajo hacia sí de un tirón. Me respiró en la cara. Tosí.

–¿Cuántos años tiene? ¿Cuánto le falta para ir al campamento?

Lindi había cumplido catorce años dos días antes. Todo el mundo lo había celebrado, Elsie también. No podía haberlo olvidado, ¿o sí?

–Tiene catorce años. Ingresa el sábado. –Retorcí la mano hasta que me soltó. La uña del dedo pulgar me arañó la piel–. Lo siento, señora Weather, pero tengo que irme. Lo siento.

–¡Se aproxima la tormenta! –gritó a mi espalda.

Eché a correr. Dejé atrás a Elsie, y las caravanas, y me dirigí hacia el pueblo.

Los hermanos Parker salían en ese momento de la calle de las Ranas. Robbie, Neel, Grif y Lyle, todos con sus pobladas barbas y sus camisas arremangadas.

–¡Socorro! –grité–. ¡Socorro! ¡Necesitamos ayuda!

Capítulo 3

Robbie Parker se arrodilló y acercó la oreja a la boca de Lindi. Como si quisiera escuchar algo que ella estuviera susurrando.

–Respira –dijo Jed–. Trig lo comprobó. Y luego la colocó de costado...

–Para que no se atragantara –explicó Trig.

Yo me acuclillé, no demasiado cerca. El vestido de Lindi tenía manchas verdes de hierba y rojas de sangre. Iba a costar mucho quitarlas.

–Has hecho bien –dijo Robbie.

¿Estaba hablando con Trig? ¿Con Jed? ¿Conmigo? No apartaba la vista de Lindi. Deslizó el brazo por debajo del hombro de ella y la levantó. Su hermano, Neel, ahuecó las manos para cogerle la cabeza. Después, Robbie introdujo el otro brazo por debajo de las piernas de Lindi, la estrechó contra sí hecha un ovillo y se incorporó. Lindi colgaba entre sus brazos como la piel de un animal muerto.

Atravesaron el cementerio con ella a cuestas, despacio, manteniendo el equilibrio, con el mismo cuidado con el que uno acarrearía unas tazas llenas de leche que estuvieran a punto de desbordarse.

–¿Y qué es lo que estabais haciendo todos vosotros aquí arriba? Fechorías no, espero. –Lyle Parker sacó un par de gafas del bolsillo de la camisa y se las puso. La parte de la lente a través de la cual miraba el ojo era oscura.

–No. –Nos quedamos contemplándolo. ¿Cómo podía ver?

–¿Qué, presumiendo del regalo de la alcaldesa, Lyle? –soltó Grif–. ¿Es que quieres impresionar a estos chiquillos? No hay nadie que se te resista, ¿eh?

–Cierra el pico, Grif. –Lyle miró a Jed–. Tú eres un mayor, ¿no?

–Sí –contestó Jed.

–Pues vamos. Regresa con nosotros.

Emprendieron la marcha tras los demás.

Mientras caminaban, iban cantando:

«En los campos del norte donde crecen las margaritas,
encontré el amor, a la dulce Evie, sí.
Tenía la tez negra como la noche, los rizos negros
como la noche,
bajo la sombra del sauce gris».

El sauce gris. La habíamos oído un millón de veces. Pero de la forma en la que la cantaban los Parker parecía una canción completamente distinta. Como si fuera algo más que una canción, como si fuera real. Tal vez ni siquiera la estaban cantando ellos. Tal vez la tatareaban todos los parientes difuntos –William Whittington y Georgina Millicent y todos los Anderson y los Cruise y los Stanbury y los Parker que habían muerto–, todos los fallecidos que yacían enterrados en el cementerio de Fennis Wick.

Cantaban con voz suave y fuerte y oscura y dulce.

«Emprendió la marcha hacia el campamento con su farol,
bajo la sombra del sauce gris».

Trig y yo avanzábamos unos pasos por detrás, cantando por lo bajo.

* * *

Los Parker se adentraron con Lindi en la calle de las Ranas. Desaparecieron entre las casas en dirección a la consulta del doctor Sunita. Jed fue con ellos, pero Trig y yo nos quedamos como esperando a la entrada de la calle.

Miré a mi alrededor en busca de ranas, pero no vi ninguna. Había una oruga negra y gorda enroscada sobre la pared de ladrillo. Coloqué el dedo delante, pero no quiso trepar. Arqueó la parte intermedia, dio media vuelta y comenzó a arrastrarse en dirección contraria. A paso parsimonioso. Qué curioso que, en algún lugar de su interior, habitara el embrión de sus alas.

La empujé. Cayó en una mata de ortigas.

Me volví hacia las caravanas. Elsie Weather continuaba allí, arrodillada sobre las esponjas en los bancales de fresas.

Reinaba una quietud especial. Ya no los oíamos cantar.

Me apoyé en la pared. Tenía una textura rugosa. Apreté la parte posterior de la cabeza contra los ladrillos. ¿Qué pasaría si la golpease contra la pared con fuerza? ¿Qué sucedería si del golpe perdiera el conocimiento, como Lindi?

¿Qué ocurriría si yo muriese?

Cerré los ojos y contuve la respiración. ¿Me sentiría así?

–¿Crees que Lindi se va a recuperar? –Trig correteaba de un lado a otro de la calle con sus manos gigantes y sus pies gigantes–. ¿Crees que el doctor Sunita podrá salvarla? ¿Crees que Lyle ve con esas gafas tan raras? Qué suerte que la alcaldesa le dé regalos especiales. No parecía que pudiera ver nada con ellas, no...

Se interrumpió de súbito, y con la boca abierta dibujó una enorme «O».

–Oh, no –exclamó–. ¡Oh, no!

–¿Qué? ¿Qué pasa, Trig?

–Me he dejado el jersey. El gris. En el cementerio. Justo al lado del árbol.

–Oh, Trig. Hace mucho calor. ¿Por qué has salido de casa con un jersey? Llevamos semanas con este calor.

–Lo siento. –Trig hundió las manos en los bolsillos. Agachó la cabeza entre los hombros–. Voy a buscarlo.

El gato siamés del señor Wetheral pasó a hurtadillas con una rana muerta colgando de la boca.

–No te preocupes, Trig –le dije–. Vete a casa. Ya voy yo a por el jersey. Tardaré menos.

Me rodeó con los brazos y me estrujó. Un abrazo al más puro estilo Trig.

* * *

El jersey no estaba.

Di la vuelta al árbol. Di la vuelta alrededor de William Whittington y Georgina Millicent Cruise. Di la vuelta a todo el maldito cementerio. No estaba.

Tal vez se había confundido. Tal vez se lo había dejado en otro sitio. Típico de Trig.

Un último vistazo detrás de las tumbas por si acaso.

–¡Ey!

¿Qué había sido eso?

–¡Ey!

No era un grito. Era como un susurro fuerte.

Eso. Un susurro fuerte. Como si quien lo estuviera emitiendo quisiera que lo oyeran y que no lo oyeran.

–¡Aquí! ¡Estoy aquí!

Procedía de los setos de espino. De la frontera.

Los setos no susurran. Los setos no susurran a menos que haya alguien escondido detrás de ellos.

Una cabeza asomó por encima de la parte menos tupida de los matorrales. Una cabeza de niña. Con el cabello de ese color amarillo que tiene la masa de bizcocho antes de hornearla.

Yo conocía a todos los niños de nuestro pueblo. Llevaba en la escuela desde que no levantaba más de un palmo del suelo. No había nadie con el pelo de ese color. Y a ninguno de nosotros se nos ocurriría escondernos en el lado malo de la frontera. Jamás.

Era una errante.

Se me paró el corazón.

Me quedé sin respiración.

Mugrienta. Maligna. Mentirosa.

–¿Buscas algo? –Se abrió camino, agazapada, a través de los matorrales, y se irguió sobre unas piernas flacas como las de un potrillo.

Lucía un vestido marrón andrajoso, un par de botas que tal vez en su día habían sido rojas y el jersey gris de Trig.

Capítulo 4

La muchacha sonrió. Tenía los dos dientes de delante separados por un gran hueco.

–¿Está bien? –Se colocó el pelo color bizcocho detrás de las orejas. Y, acto seguido, los dos mechones volvieron a soltarse–. La chica que se cayó del árbol. ¿Se encuentra bien?

Nos había visto, todo el tiempo que habíamos estado allí.

–Estás tú sola, ¿verdad? ¿Los otros se han ido? –preguntó.

Volví la mirada hacia el pueblo. Demasiado lejos para ver a alguien. Demasiado lejos para que alguien oyera un grito de socorro.

–¿Buscas esto? –Con dos dedos, pellizcó el jersey a la altura del pecho y lo estiró hacia fuera.

Mi madre iba a ponerse hecha una furia si volvíamos sin el jersey de Trig. Solo tenía dos.

–Me llamo Una. Una Opal. –Me tendió la mano.

Yo retrocedí.

–Puedes recuperar el jersey –dijo–. Ahora te lo doy.

Sin embargo, no hizo ademán de quitárselo.

–Pero antes quiero que me ayudes. –Volvió a recogerse el pelo detrás de las orejas. Y los mechones cayeron otra vez–. Necesito que me traigas algo de comida. Para mi padre y para mí. Y antibióticos. Tiene una pierna herida, ¿sabes? Si me consigues comida y antibióticos, te devuelvo el jersey.

Retrocedí un paso más y tropecé con una lápida. Me apresuré a recomponerme, me puse de pie.

–Vaya –dijo–, ¿estás bien?

Su rostro exhibía una mirada como de preocupación por mí. Preocupación por que yo podría haberme hecho daño. No podía ser. Era una errante. Debía de estar mintiéndome.

–No pretendía asustarte –dijo–. Solo quería... no lo sé. Ay, vaya, qué mal se me da esto, ¿verdad? –Aspiró hondo y exhaló un suspiro fuerte e intenso.

–Se acabó, toma el jersey. –Lo cogió por la parte inferior y se lo sacó por la cabeza. No me lo alcanzó ni nada parecido. Lo arrebujó con sus mugrientas manos de errante–. Igualmente, ¿me ayudarás?

El aire era denso. Costaba respirar.

–O, si no puedes echarme un cable, prométeme que no le contarás a nadie que me has visto.

Estrechó el jersey contra su pecho. Un brillo asomó a sus ojos. Como si tratara de contener las lágrimas.

¿Lloraban los errantes?

–¿Me lo prometes? –insistió.

Asentí con la cabeza. Con un gesto muy leve. Tan leve que fue casi imperceptible. Así que no podía decirse que contara como promesa de verdad, ¿no? No si se lo había hecho a una errante.

Me lanzó el jersey con suavidad. Aterrizó en el suelo que quedaba entre nosotras. Yo me abalancé sobre él, lo recogí y eché a correr todo lo rápido que pude hacia el campo de los Anderson. Corrí todo el camino hasta el pueblo por segunda vez aquel día. No paré hasta llegar a los huertos.

Me incliné sobre ellos e inhalé bocanadas de aire dulce con olor a fresas. ¿Me había visto alguien? ¿Sabrían lo que había pasado?

No. No había nadie por allí.

Nadie, salvo Elsie, que estaba agazapada entre las hojas de ruibarbo.

Capítulo 5

Irrumpí por la puerta a toda velocidad.

–¡Papá! ¡Papá! Escucha, acabo de...

–Shhh..., calla un momento, Magsie. –Mi padre estaba poniendo unos guisantes con patatas en los fogones–. Estoy hablando con Jed.

–Pero yo...

–Espera. –Se limpió las manos con el trapo de cocina y se lo colgó sobre el hombro–. Entonces, Jed, ¿qué fue lo que pasó cuando llegasteis a casa del doctor Sunita?

–Sí, ¿qué pasó? –Trig estaba sentado a la mesa junto a Jed con la barbilla apoyada en las manos y los dos ojos abiertos como dos inmensos girasoles–. ¿Lindi se va a morir? Parecía muerta cuando Robbie la cogió. A que sí, Maggie. Parecía muerta. Muerta del todo.

–Pues claro que no se va a morir –dijo Jed–. Está bien. Empezó a volver en sí cuando llegamos allí, por sí sola. El doctor Sunita dijo que era buena señal. Que necesitará hacer mucho reposo, pero que se recuperará a tiempo para ir al campamento el sábado.

A mi padre se le ensombreció el rostro. De pronto parecía viejo, como el abuelo Cruise cuando cayó enfermo. Viejo y cansado.

–¿Y qué pasa si no se recupera? –preguntó Trig.

–¿Qué?

–¿Si no se recupera a tiempo para ir al campamento? ¿Qué pasaría? ¿Ha ocurrido alguna vez que alguien no se encuentre bien para ir? ¿Qué pasa en ese caso?

–Cállate, Trig. –Jed se levantó–. Se recuperará. –Posó una mano en el hombro de mi padre–. ¿Papá? ¿Estás bien?

–¿Cómo? Ah, sí, sí. –Papá forzó una sonrisa–. Bueno, es una gran noticia. Que Lindi vaya a estar bien para marcharse el sábado, quiero decir. –Cogió la cazuela de las patatas y las escurrió–. Eso sí, nadie va a poder librarla de tener los ojos morados durante al menos una semana.

–Sí, supongo que sí –dijo Jed.

–Por cierto... –Mi padre vertió leche en la cazuela tras volver a su estado normal–. Tengo una cosa para los moratones en mi maletín. Un buen enfermero siempre tiene que ir preparado para situaciones así. –Me guiñó el ojo–. Recuérdamelo después de cenar, Jed. Está debajo de la mesa. Puedes llevarle un poco a Lindi mañana. Y ahora, Maggie, mamá está a punto de llegar, ¿te encargas de hacer el puré? –Me pasó la cazuela.

–Pero, papá, escucha, yo...

–Y tú, Trig, ¿te encargas de poner la mesa? –Deslizó el pasapurés por la encimera para alcanzármelo.

–¿Por qué siempre tengo que poner la mesa yo? Jed nunca hace nada.

–Jed es el mayor. –Mi padre le pasó a Trig unos cuantos cubiertos–. Vamos, no te entretengas.

–Papá –insistí una vez más–. Tengo que contarte una cosa muy importante...

–¡Ya estoy aquí! –Por la puerta de la cocina apareció la mochila de mi madre, y ella detrás–. ¡Me muero de hambre!

–Está casi todo a punto –dijo mi padre.

–¡Callaos todos de una vez! –exclamé más alto de lo que pretendía. ¿Es que no podían pararse a escuchar? ¿Ni siquiera un momento?

Todos se volvieron hacia mí.

–He visto a una errante. A una chica. En el cementerio. –Retorcí el jersey de Trig con las manos, igual que había hecho ella.

–¿De qué estás hablando, Mags? –Mi madre dejó la mochila en el suelo. Se peinó el cabello corto y oscuro con los dedos.

–Una errante. La he visto. En el cementerio.

–Solo dices chorradas. –Jed entornó la mirada.

–¡No!

–Estábamos todos, Maggie –dijo–. Y allí no había ningún errante. Intentas hacerte la importante porque hoy Lindi ha acaparado toda la atención. La pobrecita Maggie mediana que otra vez siente que nadie le hace caso.

–En serio, Maggie, ahora mismo no tenemos tiempo para este tipo de tonterías. –Mi padre se frotó la frente con el dorso de la mano–. Tenemos que... bueno, quiero decir que Jed se va a...

No terminó la frase.

–Papá tiene razón. –Mi madre le acarició un brazo con la mano y, a continuación, robó una patata de mi cazuela y se la llevó a la boca–. Jed se va al campamento el sábado y tenemos que organizar la fiesta de despedida para el viernes. Nos esperan unos días de mucho trabajo.

–Pero es que no me estáis entendiendo –insistí–. Después volví, yo sola. Y había una errante. Llevaba puesto el jersey de Trig. –Lo levanté en el aire–. Ni siquiera sé si es seguro que se lo vuelva a poner.

Jed soltó una sonrisita.

–Espera, espera –dijo–, ¿estás diciendo que había una errante dentro de las fronteras del pueblo y que llevaba puesto el jersey de Trig?

–¡Sí! Eso es exactamente lo que digo. La alcaldesa nos advirtió de que había errantes merodeando por los alrededores, ¿no os acordáis? Esta misma mañana lo dijo.

Mi padre se echó a reír.

–Por los alrededores, tal vez, Magsie, pero no a este lado de la frontera. Puede que los errantes sean malignos, pero no son estúpidos. Y ahora, venga, dale el jersey a Trig y ponte a hacer el puré de patatas. Esta semana no tenemos tiempo para tus historias.

Mi madre cogió otra patata de la cazuela.

Nadie cree a los del medio.

Ni siquiera su madre y su padre.

Todo lo que hacía Jed estaba bien, eso sí. Si eres el mayor, todo es maravilloso.

Todo el mundo te escucha.

Estrenas los zapatos, puedes ponerte el viejo reloj de pulsera del abuelo Cruise y lo único que haces es sentarte mientras los demás te bailan el agua. Cuando cumples catorce años, te marchas al campamento, donde te espera una vida gloriosa de lucha en la Guerra Silenciosa. Y allí eres...

Especial.

Valiente.

Un héroe.

Mientras los demás vivimos atrapados en Fennis Wick para siempre, cosechando patatas y cargando garrafas de agua y lavando montañas interminables de ropa.

Le tiré el jersey a Trig y cogí la cazuela de patatas.

Machaqué unas cuantas con el pasapurés y lo saqué de nuevo.

Chaf.

Chaf.

Chaf.

Chaf.

Pruebas. Eso necesitaba. Pruebas para demostrar que la niña estaba allí. Así tendrían que creerme. O mejor aún, ¿y si le daba caza? Si la atrapaba y se la llevaba a la alcaldesa Anderson, yo también sería una heroína. Igual que los mayores.

Chaf.

Chaf.

Chaf.

* * *

–¿Habéis acabado todos? –preguntó papá.

Levanté la vista. Todos habían terminado menos yo. En mi cabeza no quedaba espacio para pensar en comer.

¿Había anochecido de repente?

Tal vez lo estaba imaginando.

Mi padre empezó a recoger los platos.

Un resplandor iluminó la ventana de la cocina y arrojó un haz de luz sobre la mesa.

La tormenta. Elsie había dicho que se aproximaba una.

–¿Ha sido un relámpago? –Trig se levantó de un respingo.

–Sí. –Mi padre dejó los platos–. Maggie, ve a por los faroles, ¿quieres? Trig, ayúdame con las persianas.

–Me he dejado el agua en el carro. –Mi madre se sacudió las manos encima del plato–. Será mejor que vaya a buscarla.

–Yo te ayudo –dijo Jed.

Un trueno hizo temblar la casa, mi pecho y mi corazón.

–Maggie, ¡los faroles!

Los zapatos de mi padre estaban en el felpudo de la puerta de atrás. Me los calcé y salí con ellos al jardín. Unas gruesas gotas de agua me golpearon la cabeza. Cogí los cinco farolillos –el de mi madre, el de mi padre, el de Jed, el mío y el de Trig– y volví a casa arrastrando los zapatos.

Mi padre y Trig habían cerrado ya todas las persianas de abajo y ahora bajaban las del piso de arriba. Mi madre y Jed seguían fuera ocupándose del agua.

Así que estaba yo sola a oscuras en la cocina. Con el maletín de papá debajo de la mesa.

Antibióticos.

Encendí mi farol. La estancia quedó iluminada por un resplandor cálido y suave.

Cogí el maletín, desabroché las hebillas y abrí el compartimento interior. Saqué un pequeño frasco marrón y entrecerré los ojos para descifrar la letra pequeña del doctor Sunita en la penumbra. *Eshan Chowdhry. Cotelloceno. 30* mg. Volví a meterlo y saqué otro frasco. *Solly S. Pinner. Fenodicolyta. 10* mg. Luego, un tercero. *Elsie P. Wetheral. Trellicilina. 250* mg.

Trellicilina. Eso era un antibiótico, ¿no? Yo lo había tomado en una ocasión, para una infección de oído. Elsie P.

Wetheral: aquel era el verdadero nombre de Elsie Weather. Aunque todos la llamábamos Elsie Weather por la capacidad que tenía para pronosticar el tiempo. O eso decía ella. Desde luego, con la llegada de la tormenta había acertado.

Noté el frasco duro y suave entre los dedos. Si me lo llevaba, cometería un robo. Un robo con todas las letras.

–¡Ya están bajadas las persianas! ¡Podéis encender los faroles! –Trig bajó trotando con gran estruendo por las escaleras.

Devolví el frasco al maletín y lo deslicé bajo la mesa.

MARTES
2 DE SEPTIEMBRE

Capítulo 6

La mañana se coló por los márgenes de las persianas.

Entreabrí los ojos.

Ayer.

Lindi.

Crac.

El jersey gris de Trig.

El cabello color bizcocho.

Una.

La errante.

Mugrienta.

Maligna.

Mentirosa.

Podría llevarle algo de comida, robar unas medicinas. Indagar más sobre ella. Reunir pruebas. Incluso atrapar a la errante. Entregarla y convertirme en una heroína.

O podría quedarme callada como hago siempre. Y olvidarme de ella.

Me levanté y abrí la persiana. Otro día despejado y caluroso.

La tormenta había pasado.

* * *

La señorita Conteh nos dedicó una sonrisa desde detrás de su escritorio con unas enormes ojeras.

–Ha sido un inmenso placer leer vuestros diarios de verano, clase cuatro.

Tenía dos diarios cogidos contra el pecho.

Yo le devolví la sonrisa.

–La persona que he elegido para el segundo puesto ha trabajado muy duro. Lo ha tratado con cariño, ha escrito unos relatos muy interesantes de sus actividades y ha hecho unos dibujos hermosos. He leído sobre la recogida de la fruta...

Yo había escrito sobre ello. Había escrito sobre la recogida de la fruta.

–He leído sobre largos paseos y el avistamiento de tres almirantes rojos en los campos de mariposas...

¡Eso también lo había escrito yo! Las había visto el último día de las vacaciones. Me había ido a casa y lo había contado en el diario y después había hecho un dibujo en la última página.

–Y he leído también sobre una tarta de cumpleaños con forma de erizo para la madre de alguien...

La tarta de erizo. El cumpleaños de mamá.

Me dio un vuelco el corazón. Un vuelco que llenó todo mi cuerpo. La señorita Conteh era la mejor profesora del mundo. La mejor profesora del mundo entero.

–Sí, este año, el segundo puesto es para... Jed Cruise.

Alzó el diario.

Unas hojas arrebujadas de tamaños y colores distintos. Con las esquinas arrugadas. Las esquinas dobladas. Todas atadas con un trozo de cuerda roñoso. Y nada en la portada salvo cinco palabras: «Dairio de verano de Jed Cruise». Ni siquiera estaba bien escrito.

¿Cómo podía ganar él el segundo puesto?

No era un concurso serio. No importaban nada los diarios. No importaba lo bien que lo hubieras hecho ni el trabajo que le hubieras dedicado. Lo único que importaba era lo único que importaba en aquel estúpido pueblo. Lo único que importaban eran los mayores.

Apreté los dientes.

–Vamos, Jed. Ven aquí. Dediquémosle un gran aplauso.

Jed arrastró la silla. Ññññiiiii. Se dirigió lentamente hacia la pizarra.

Aplaudimos a Jed. Yo fingí que también lo hacía, aunque en realidad no era así. Cada vez que las manos estaban a punto de tocarse, las frenaba para que no hicieran ningún ruido.

–Y la ganadora –prosiguió la señorita Conteh– es una merecidísima ganadora. Jamás he visto un diario tan precioso. No sé de dónde habrá sacado el material con el que ha decorado los márgenes. Y esos redondelitos brillantes, ¿son lentejuelas? Es extraordinario. La ganadora del Mejor Diario del Verano es Lindi Chowdhry, que, por desgracia, no puede estar hoy con nosotros, ya que ayer sufrió una fuerte contusión en la cabeza. La buena noticia, no obstante, es que se va a recuperar por completo. Otro gran aplauso, por favor, clase cuatro. Quién sabe... tal vez si aplaudimos con fuerza Lindi nos oirá desde su casa.

La señorita Conteh soltó una carcajada ante su propia broma y todos dedicamos un aplauso a Lindi.

Respiré hondo. Era lo más adecuado que Jed y Lindi se llevaran el premio. Por supuesto que sí. Eran mayores. Iban a marcharse al campamento para mantenernos a salvo a todos los demás. «Los mayores son héroes. Los mayores son especiales. Los mayores son valerosos».

Exhalé y me uní al aplauso, en esa ocasión de verdad. Aplaudí con más ímpetu que nadie.

–Ahora bien, os recuerdo que todos los diarios son maravillosos. –La señorita Conteh contuvo un bostezo y deslizó la montaña de diarios de verano hacia el borde de su mesa–. ¿Alguien se ofrece para repartirlos? ¿Maddie? ¿Maddie Cruise? ¿Podrías repartir los diarios, por favor?

Maddie.

Maddie Cruise. Maddie la mediana.

No merece la pena ni intentarlo.

No merece la pena.

No, a menos que estés preparada para hacer algo tan valeroso como los mayores. Como ir al campamento.

O cazar a un errante.

Guardé la tiza con el pizarrín. Arrastré la silla hacia atrás.

Iba a hacerlo. De veras. A partir de ese mismo día. Iba a volver a casa lo más rápido posible al salir de la escuela y a coger los antibióticos del maletín de mi padre.

Iba a llevárselos a la chica errante. Una.

Iba a ganarme su confianza.

Iba a atraparla bien atrapada.

Y entonces, todo el mundo recordaría mi nombre, aunque fuera de los del medio.

Me acerqué a la mesa de la señorita Conteh. ¿Me estaban mirando todos? ¿Había cambiado mi aspecto ahora que estaba a punto de convertirme en una cazadora de errantes?

Cogí los diarios y me volví. Estaban todos sentados, igual que siempre. Revolviéndose en los asientos, haciendo dibujos, garabateando, cuchicheando. Nadie me estaba mirando. Nadie había reparado ni siquiera en mi presencia.

Como siempre.

Repartí los diarios.

Noté un nudo en el estómago que se me retorcía por dentro.

* * *

Nos fuimos a casa atravesando la plaza, por el camino más corto. Yo quería llegar cuanto antes y buscar el maletín de papá.

El sol nos abrasaba la nuca.

–A lo mejor estuvimos a punto de llevarnos algo en el concurso. –Trig tampoco se había llevado ningún premio. Iba revoloteando a nuestro alrededor para seguir el ritmo–. ¿Qué crees? A lo mejor tú o yo habríamos ganado el tercer puesto, si hubiera un tercer premio. ¿Crees que Mags o yo habríamos ganado el tercer premio, Jed?

–No vamos a ganar ni el primer premio, ni el segundo, ni el tercero ni el cuarto ni el centésimo, Trig. No vamos a ganar nada jamás.

–No es más que un estúpido concurso de diarios. –Jed pegó una patada a una piedra–. No sé qué es lo que os preocupa.

Un grupo de palomas correteaba por el centro de la plaza bajo la estatua de Andrew Solsbury. Le picoteaban el pie de piedra fría. Ni siquiera me molesté en rodearlas, sino que pasé por la mitad. Echaron a volar, aterradas. Algunas aterrizaron sobre los hombros de Andrew Solsbury. Otras alzaron el vuelo hasta el tejado de la alcaldesa, que era el de la casa más alta de la ciudad.

Levanté la mirada hacia el rostro de Andrew Solsbury. No sabría decir si estaba sonriendo o frunciendo el ceño.

–¿Qué está pasando ahí? –preguntó Trig.

La casa de la alcaldesa tenía una cornisa triangular en la puerta de entrada. Debajo se había aglomerado un grupo de gente.

–¿Qué están haciendo? ¿Nos acercamos a mirar? ¿Podemos ir, Jed? ¿Podemos, Maggie?

–Vámonos a casa. –No podía perder el tiempo con aquello. Tenía que conseguir el frasco de trellicilina.

–Pero ¿no podemos acercarnos un momento y echar un vistazo? –Trig se quedó atrás y se puso de puntillas–. Solo un minuto.

–Probablemente la alcaldesa haya traído algo a su regreso de la ciudad –dijo Jed–. Vamos, Mags. Deberíamos acercarnos. Mamá se disgustará si se entera de que hemos tenido la oportunidad de coger algo y no nos hemos parado.

Tenía razón, supongo.

Seguimos a Trig hasta allí.

La alcaldesa había montado una mesa en la puerta. Sobre ella se elevaba una montaña de bombonas de gas azules.

–Una por familia –decía–. No ha sido fácil conseguirlas, se lo aseguro, y hay un número limitado. Estoy tachando los nombres y apellidos de la lista de todos los que se están llevando una, así que no envíen a sus hijos a por otra, ¿de acuerdo? No funcionará. –Le tendió una bombona a Figgie Rickard y tachó su nombre de la lista–. Hola, Trig. ¿Te llevas una para tu familia? Asegúrate de que vas directo a casa, ¿lo harás?

–Sí, alcaldesa Anderson. Lo haré. Directo a casa.

–¿Y qué quiere a cambio? –dijo Jed.

–Lo único que quiero, señor Cruise, es ayudar a todo el mundo a pasar el invierno. –La alcaldesa Anderson cogió una bombona y se la ofreció a Trig con la anilla libre–. ¿Estás preparado, Trig? Pesa mucho.

–Estoy preparado.

Trig cogió la anilla y la alcaldesa la soltó.

Plac.

La bombona cayó directamente sobre la mesa.

–Ya te dije que pesaba.

–No pasa nada, no pasa nada. Yo puedo. –Trig rodeó la bombona con los brazos y la abrazó al más puro estilo Trig.

Genial. Íbamos a tardar siglos en llegar a casa.

–No vas a poder cargarla, Trig –le dije–. ¿Por qué no la dejamos aquí y volvemos después con el carrito?

–Cuando volvamos, se habrán acabado todas –dijo Jed–. ¿Por qué no la llevo yo?

–¡No! ¡Yo puedo! –espetó Trig con rabia.

La acarreó unos veinte pasos, hasta que la bombona impactó contra el suelo con un estrépito metálico.

–Solo necesito un pequeño descanso –dijo.

–Dámela. –Jed extendió la mano para alcanzarla.

–¡No! –Trig se la arrebató–. Yo la llevo. Yo la llevo. –Volvió a levantarse, agarró el asa cerrando con fuerza las dos manos y continuó tambaleándose.

Llegó hasta la lavandería.

–Oh, Trig –me lamenté–. Te dije que deberíamos haber pasado antes por casa.

–Un carrito de la compra. –La señora Gebby estaba sentada a la puerta de la lavandería, como siempre, para asegurarse de que la gente que entraba lo hiciera en el día de la semana asignado–. Eso es lo que necesitas. Un carrito de la compra. –Ni siquiera levantó la mirada de sus agujas de hacer punto. «Tiene ojos en el cogote», solía decir papá.

Su hermano, Frederick, estaba sentado junto a ella con un sombrero de ala ancha. Tenía la barba pelirroja.

Guiñó un ojo.

Frederick nunca dice nada.

«Ayuda con el ganado», dice mamá.

Pero no habla.

Nunca.

Ni una sola palabra.

Llevaba un libro en la mano con imágenes pasadas de moda en la portada. *Crimen y...* algo. Desde donde yo estaba, se veía al revés.

–No se preocupe, señora Gebby –dijo Jed–. Estamos bien. Yo la llevaré a partir de ahora, Trig. –Elevó la bombona como si fuera de plumas.

Trig sonrió a Frederick.

Frederick lo miraba fijamente.

–Vamos, Trig –lo apremió Jed.

–Sí, vamos –dije yo tirando del brazo de Trig–. Adiós, Frederick. Adiós, señora Gebby.

Frederick continuaba mirando.

La señora Gebby continuaba haciendo punto.

Jed avanzó a grandes zancadas hacia casa. Trig y yo salimos corriendo detrás.

–¿Maggie? –Trig me tiró de la manga–. Lindi dice que Frederick hablaba cuando era un pequeño. Que lo hacía sin parar. Y ahora, ni una palabra, ¿a que no? Dice que es porque traspasó la frontera. ¿Es verdad, Maggie? ¿Es eso verdad?

–¡Shhhhh! –dije–. Se supone que si susurras hablas más bajo de lo normal, no más alto. –Me volví a mirar. No parecía que lo hubieran oído.

–Venga –nos instó Jed volviendo la vista atrás–. Nos vamos a casa.

Capítulo 7

Mamá estaba sentada a la mesa. Sus pies descansaban sobre el maletín de papá. Genial. ¿Y cómo iba yo a coger los antibióticos?

Jed soltó la bombona sobre el suelo con un golpe.

–Regalo de la alcaldesa –dijo–. Una por familia.

–Excelente. –Papá la sacó por la puerta de atrás–. La guardaré en el cobertizo para las emergencias. El maldito generador se rompe siempre cuando más aprieta el frío.

–¡Mamá! –Trig fue el último en entrar, como siempre. La estrechó entre sus brazos–. Nunca llegas a casa tan pronto.

–Es que hoy viene el señor Wetheral –mamá le respondió con otro abrazo–. ¿No os lo había dicho? Hoy nos trae el retrato de Jed. Quería estar en casa.

El retrato de Jed. A todos los mayores se lo hacían. Solo a mayores, a nadie más. Ni a los pequeños. Ni a los medianos, por supuesto.

–Ah, sí. –Jed abrió la puerta de la despensa y sacó la lata de las galletas. Quitó la tapa y cogió con dos dedos una pasta de mantequilla–. Dijo que lo traería antes de que me fuera al campamento. Menos mal que ya no tengo que volver a su casa. Nunca me había aburrido tanto.

–Al señor Wetheral le gusta pasar mucho tiempo con sus modelos. –Mi padre limpió la mesa con un trapo–. Le ayuda a captar la verdadera esencia de la persona.

–¿Y no podía haberla capturado un poco más rápido? –preguntó Jed escupiendo migas de galleta.

Cogí una pasta de mantequilla de la lata. La mordí. Era dulce, seca y mantecosa.

«Necesito que me traigas algo de comida. Para mi padre y para mí».

¿Notarían si cogía unas cuantas?

Toc, toc, toc. Toc, toc, toc.

–Ese debe de ser el señor Wetheral. ¿Puedes abrir, Maggie?

* * *

El señor Wetheral llevaba un bastón. Eso lo hacía parecerse a su madre, Elsie.

–Ah, la bella Maggie. Es un placer verte. –Me tendió la mano; las yemas de los dedos asomaban por los agujeros de los guantes recortados. Solo acostumbraba a llevar uno, siempre en la mano derecha.

Le estreché la mano.

Esbozó una sonrisa torcida. El lado derecho de su rostro, tenso y cubierto de cicatrices, no se veía tan bien como el izquierdo.

«Al señor Wetheral se le quemó por completo la parte derecha del cuerpo en un incendio terrible».

Me lo contó Lindi. En el recreo, en la escuela.

«Fueron los errantes.

No me puedo creer que no lo sepas, Maggie.

Estaba con su familia. Vivían justo al lado de la frontera. Y los errantes... le prendieron fuego a su casa con todas las personas dentro.

Tenía una mujer y dos hijas, que murieron. Las tres. El señor Wetheral intentó salvarlas. Estaba prácticamente muerto cuando lo sacaron de allí a rastras.

Un conocido de mi tío estuvo allí. Lo vio con sus propios ojos.

Ellas gritaban. Gritaban y lloraban».

–Traigo... eh... el retrato de tu hermano. –El señor Wetheral señaló hacia el carro y al caballo que tenía detrás. Era *Melissa,* la yegua pinta de la alcaldesa Anderson. El señor Wetheral acostumbraba a tomarla prestada cuando tenía que entregar un retrato. Su esposa, la que había fallecido, era la hermana pequeña de la alcaldesa, así que imagino que ella lo ayudaba en todo lo que podía–. ¿Crees que alguien podría echarme una mano para acarrearlo hasta la casa? –preguntó.

Le miré la mano del guante, el rostro cubierto de cicatrices.

Melissa espantó una mosca con la cola.

–Claro –dije–. Claro que sí.

* * *

El retrato descansaba en el carromato bajo la tela sujeta con unas pinzas al marco.

–Destapadlo vosotros –dijo el señor Wetheral– cuando estéis listos.

Cada uno lo cogimos por una esquina, entre papá, mamá, Jed y yo. Papá no quería que Jed ayudara, pero el señor Wetheral dijo que él también podía, si quería, así que papá accedió.

Lo sacamos del carro. Era largo, ancho y pesado.

Melissa resopló y pateó el suelo con una pezuña.

–¿Es más grande de lo normal? –pregunté. Mi esquina iba más baja que las otras tres. Pesaba demasiado. ¿Qué hacía yo deslomándome para cargar un cuadro gigantesco de Jed solo porque era un mayor?

–Todos los retratos de campamento que hago tienen exactamente el mismo tamaño –dijo el señor Wetheral.

Recorrimos el camino de entrada con el retrato a cuestas y atravesamos la puerta principal. Tuvimos que girarlo para meterlo en el salón. Trig iba correteando delante de nosotros para abrirnos camino. El señor Wetheral nos seguía con su bastón, su caja de herramientas y su andar renqueante.

Lo apoyamos en la pared. La tela se deslizó. Un fragmento de fondo verde oscuro asomó por la parte superior.

El señor Wetheral subió a una silla y sacó un berbiquí. De pie, sostuvo la herramienta contra la pared con el brazo fuerte y lo hincó lentamente con el más débil.

Nosotros nos quedamos mirándolo, los cinco.

¿Los cinco? Si estábamos todos allí, tal vez yo podría escaparme a la cocina. Coger los antibióticos del maletín de papá. Y quizá también unas cuantas galletas de mantequilla.

Di un paso lateral hacia la puerta.

–Ya que está aquí, señor Wetheral, ¿podría usted hacerme un favor? –Papá me esquivó para abrirse paso hacia la cocina y siguió hablando desde allí a gritos–. ¿Podría llevarse estos antibióticos para su madre?

Regresó al salón con el frasco. El frasco pequeño marrón de trellicilina.

Tendría que haber sido más rápida.

–Desde luego. Ningún problema. Déjelos junto a mi caja de herramientas y así no me olvidaré.

–Fantástico, gracias. ¿Le apetece un té? –Mi padre dejó el frasco justo delante de mí.

Mis dedos estaban tentados de cogerlo.

–Me encantaría tomar una taza de té –respondió el señor Wetheral.

* * *

Levantamos el cuadro y lo colgamos de los ganchos. Rectificamos la posición hasta que quedó recto.

–Y ahora, ¿queréis que me vaya? Y así os dejo un poco de intimidad. –El señor Wetheral posó la taza de té vacía en el plato. Casi nunca utilizábamos platos, pero comprendí el motivo por el que papá los había sacado. Parecía que al señor Wetheral sí le hacían falta.

–No, no –dijo mamá–. Quédese. Nos gustaría que se quedase, ¿verdad?

El señor Wetheral miró a Jed.

–¿Y tú qué me dices, Jed? ¿Quieres que me quede o que me vaya?

Jed se encogió de hombros.

–Me da igual.

–En ese caso, me quedaré. –El señor Wetheral sonrió–. ¿Quién procederá a destaparlo?

–¿Puedo hacerlo yo? ¿Puedo? –Trig se levantó de un brinco.

Papá sujetó la silla con firmeza y Trig se subió a ella y le quitó las pinzas. La tela cayó.

Había visto otras obras del señor Wetheral. Retratos que parecían reales como la vida misma, de cuerpo entero, de otros mayores que se habían ido al campamento. Los ojos te miran con una intensidad que acabas olvidando que no es una persona de carne y hueso la que está contigo en la habitación. Manos que parece que puedan tocarte en cualquier momento o que vayan a quitarte una telaraña del pelo. Y todo ello a cambio de leña, harina o un nuevo guante de punto sin dedos para la mano derecha, hecho con amor.

Pero era más real todavía cuando se trataba de tu propio hermano. Tu propio hermano, con el que habías crecido.

Allí estaba. Era Jed. En tamaño natural. Esbozando esa media sonrisa que suele mostrar, con las cejas un poquito levantadas y los labios algo fruncidos.

El mismísimo Jed.

Papá y mamá empezaron «gracias, señor Wetheral», y «es extraordinario, no sabemos cómo lo hace»; y Jed empezó «sí, supongo que el parecido es mucho, pero vosotros sois los que más me veis, mucho más que yo, así que vosotros lo sabréis mucho mejor que yo»; y Trig empezó «es clavado, es que es igual, es clavado a Jed».

Pero ¿y yo? Nada salió de mi boca. No era solo Jed; era toda la obra. Las dos rosas, curvadas y delicadas, esculpidas en la madera de la silla donde estaba sentado. La forma en que Jed dejaba caer los pies, juntos y plomizos sobre la alfombra. Y el gran reloj de pulsera del abuelo Cruise: exactamente a la una y diez.

Jed era un mayor. Estaba bien que hubiéramos encargado su retrato. De acuerdo. Pero ¿alguna vez iba a dedicarme alguien a mí tanta atención? ¿Algún día iba a hacer alguien aunque fuera un dibujo de mí?

–¿Qué opinas, Maggie? –La pregunta del señor Wetheral irrumpió entre todas las demás voces.

¿Que qué opinaba yo?

–¿Yo?

–Sí, me encantaría saber qué piensas.

¿Por qué iba a interesarle lo que yo tuviera que decir?

–¿De veras?

–Sí, de veras. ¿Te gusta?

Contemplé de nuevo el retrato. Las cortinas de terciopelo difuminadas en el fondo. El cabello irregular de Jed en la frente.

No dije que sí. No dije que no.

–Es como si pudiera tocar los pétalos de las rosas –dije–. Como si realmente fueran de madera en lugar de estar pintados. Oigo el tictac del reloj del abuelo. Y la suciedad de las suelas de los zapatos... es real, ¿verdad? Y sus manos...

Sus manos. Si las tocaba, seguro que estaban calientes. Lo estarían. No tenía la menor duda.

–Pero me hace sentir pequeña –dije–. Como si yo no contara.

El señor Wetheral asintió.

Parecía triste.

–Supongo que por lo grande que es –indiqué.

Se sacudió un poco de polvo de yeso de la camisa.

–Bueno –dijo–. Ya es hora de que me vaya.

–Tenga. –Papá cogió la trellicilina–. No se deje esto. Asegúrese de que su madre se lo tome tres veces al día y de que se acabe el frasco. El doctor Sunita se lo ha dejado todo escrito en la etiqueta.

–Oh, gracias, excelente. –El señor Wetheral se guardó el medicamento en el bolsillo de la chaqueta.

–No hay de qué –dijo papá–. Es lo menos que puedo hacer. Quiero decir que... este retrato, si no lo tuviéramos, no sé cómo íbamos a..., no sé cómo haríamos para... –Papá se quedó sin palabras. Rodeó a Jed con el brazo, le estrechó la cabeza y le acarició la nariz–. Mi muchacho –dijo por lo bajo.

–¡Déjame!

–Lo que queremos decir –continuó mamá– es que le estamos muy agradecidos, señor Wetheral, por este retrato tan magnífico.

El señor Wetheral se marchó con *Melissa*, dejándonos con dos Jeds y sin antibióticos.

* * *

Muy bien. Si no estaba en condiciones de conseguir los medicamentos, era momento de centrarse en otra cosa. Alimentos.

La puerta de atrás estaba abierta. Papá y Trig habían salido a recoger verduras para la comida. Mamá alimentaba el digestor. El Jed Real estaba colgado en la pared del salón y del otro no había ni rastro.

Fui hacia la cocina.

Hacía fresco y el armario de la despensa estaba a oscuras. Olía a queso, a lavanda y a huevos duros. Mis pies agradecieron el frío de las baldosas. Descolgué un trapo de la parte de atrás de la puerta. Si cogía un poquito de cada cosa, nadie lo notaría. Corté un pedazo de queso chédar, de tarta de remolacha y de pastel de verduras. Cogí un puñado de nueces y unos copos de avena. Dos bollitos de pan. Y cuatro galletas de mantequilla de las de papá. Lo metí todo en la bolsa. Atravesé la cocina y salí al pasillo abrazada a la bolsa.

Me calcé los zapatos y abrí con cuidado la puerta principal para que nadie oyera el clic. La cerré tras de mí, con la misma delicadeza.

Me encaminé hacia el cementerio.

Capítulo 8

Al principio, eché a andar para no llamar la atención. Bajé hasta la calle de las Ranas, atravesé los fresales, dejé atrás las caravanas. No había nadie. Solo Elsie arrancando malas hierbas. Di un gran rodeo para evitarla.

Apreté el paso. Bamboleando la bolsa a mi lado.

Maggie Cruise.

Cazadora de errantes.

Heroína.

Atravesé corriendo los montículos de barro hacia el campo de Anderson.

Los pies se me hundieron en el barro donde la noche anterior la lluvia había ablandado el terreno. El mundo entero parecía un poco menos sólido.

* * *

Me senté sobre William Whittington. A él no le importaría. Llevaba muerto mucho tiempo. Deposité la bolsa a mi lado.

Una brisa hizo susurrar las hojas.

Los grillos cantaban entre la hierba larga y cosquilleante.

El clanc, clanc, clonc del señor Gebby al martillear las herraduras de los caballos retumbaba por todo el pueblo.

Clanc, clanc, clonc.

Clanc, clanc, clonc.

Era una tontería. Una tontería de campeonato.

Era la mayor tontería que había cometido en toda mi vida. ¿Y si no eran solo Una y su padre enfermo? ¿Y si había todo un ejército de errantes allá fuera? A lo mejor me había mentido. Seguramente me había mentido, ahora que lo pensaba.

Debería irme a casa. Debería devolverlo todo a la despensa y...

–¡Ey!

Me dio un vuelco el corazón.

–¡Aquí!

Salió de su escondite detrás de un árbol; el mismo desde el que Lindi se había caído ayer. ¿ Había estado allí todo ese tiempo?

–¿Estás sola? –me preguntó.

Asentí con la cabeza.

Su sonrisa reveló unos dientes separados.

–Sabía que volverías. Lo sabía.

* * *

Más valía que comenzase a hablar. No puedes ganarte la confianza de un errante sin entablar conversación con él. El problema era que yo estaba confusa, se me había secado la boca y no me salían las palabras.

–¿Cómo te llamas? –me preguntó.

«Maggie». Mis labios dibujaron la forma correcta, pero no emití ningún sonido.

–No te he oído. –Su sonrisa mostró los dientes separados otra vez; ahuecó las manos y se las puso detrás de las orejas.

–Maggie –farfullé–. Maggie Cruise.

–Encantada de conocerte, Maggie Cruise. –Me tendió la mano. Era más alta que yo. Me sacaba una cabeza. Yo estreché los brazos contra el pecho.

–Está bien. –Bajó el brazo–. No tenemos por qué darnos la mano. Al fin y al cabo, es una costumbre algo anticuada. Si quieres, podemos mover las orejas.

Se plantó delante de mí y se levantó el cabello por los lados.

–¿Preparada?

Si daba un paso más, nuestras narices se encontrarían. Mi corazón dio un vuelco contra mis costillas. ¿Qué haría Jed en mi lugar? ¿Qué haría Lindi? ¿Qué haría cualquiera de los valerosos mayores?

Ni idea.

–Preparada –susurré.

–Pues vamos.

Me miró fijamente y sus orejas empezaron a moverse arriba y abajo. Ellas solas. Sin que ninguna otra parte del cuerpo se agitara.

–Te toca –me dijo.

Yo no necesité retirarme el pelo. Mi madre me lo dejaba bien corto al empezar el mes. El pelo largo acaba tapándome la cara.

Apreté los dientes y empecé a moverme. Mi rostro se descompuso y se desfiguró, pero mis orejas se mantuvieron completamente inmóviles.

Una sonrió.

–Es difícil, ¿eh? Espera, mira esto.

Levantó una oreja, y luego la otra, alternando un lado y otro. Izquierda, derecha, izquierda, derecha, izquierda, derecha.

Guau.

–¿Cómo lo haces? –Mi voz volvía a ser normal.

–Me enseñó mi abuelo. –Se dejó caer el cabello–. Decía que la mayoría de la gente piensa que es genético. Muchos creen que ya cuando naces eres capaz de hacerlo o no, y que es imposible cambiarlo. Pero se equivocan. Se puede aprender. Todo el mundo puede aprender. Solo tienes que saber cómo. ¿Quieres que te enseñe?

Volvió a esbozar su sonrisa. Y a mostrar sus dientes separados.

Presioné la lengua contra la parte interior de mis dientes delanteros. Los tenía muy juntos. Ni una rendija entre ellos.

–Sí –le dije–. Sí, por favor. –Le tendí la bolsa–. Esto es para ti. Y para tu padre.

Ella la cogió, nuestros dedos se rozaron. Piel de errante. Al tacto, parecía normal.

Miró en el interior.

–No hay antibióticos –dije–. Todavía. Pero creo que podré conseguirlos. Mi padre es enfermero.

Los ojos le brillaban igual que ayer.

–Eres muy amable, Maggie –dijo–. Soy muy afortunada de haberte conocido. Gracias. Gracias.

–Está bien.

–Vamos, pongámonos allí, detrás de aquellos muros. –Se deslizó siguiendo el seto de espino hacia la vieja iglesia–. Allí estaremos bien escondidas. Te daré tu primera clase para aprender a mover las orejas.

Respiré hondo y la seguí.

* * *

Aplastamos un poco de hierba para sentarnos cerca de donde estaban las tumbas más nuevas. Estaban las tres tumbas de los Wetheral dispuestas en una fila ordenada. Sin malas hierbas, a diferencia de las otras; limpias, aseadas y cuidadas.

Colocó los dedos a ambos lados de mi cabeza, justo por encima de las orejas.

–Aquí tenemos unos pequeños músculos. ¿Los notas?

Yo no debería estar aquí. No debería hablar con ella. No debería dejar que me tocara. Es mugrienta.

Pero salir corriendo no iba a convertirme en una heroína, ¿a que no?

–Creo que sí –contesté.

–Todo el mundo los tiene, lo que ocurre es que no solemos utilizarlos. Ahora, intenta moverme los dedos. Venga, prueba.

Se me movieron los hombros. Los ojos. La boca y la nariz. Se me movió todo salvo las partes que se suponía que debían moverse.

–No puedo.

–Pues claro que puedes. Solo necesitas practicar un poco y ya está. Mira, ahora pon tus dedos donde los tengo yo, eso es, y ahora intenta moverlas otra vez. Practica un poco todos los días. Los músculos se te irán poniendo fuertes.

Volví a intentarlo, en esa ocasión poniendo mis propios dedos allí. Siguió sin funcionar.

Nos recostamos en el muro.

–¿Cuántos años tienes, Maggie?

–Once –le dije–. ¿Y tú?

–Por ahí, imagino. –Arrancó una larga brizna de hierba y se la enrolló en los dedos–. Mi padre no presta demasiada atención a ese tipo de cosas, así que no estoy muy segura.

¿Que no estaba muy segura? ¿Cómo no iba a saber alguien los años que tenía?

–¿Tú tienes un día de cumpleaños? –preguntó.

–Pues claro. El 15 de noviembre. Todo el mundo tiene uno.

–Yo no. Pero me encantaría tenerlo. Oye, a lo mejor el 15 de noviembre podría ser el mío también. –Se colocó el pelo detrás de la oreja. Acto seguido, se le volvió a salir–. Lo que pasa es que faltan muchos meses. A lo mejor puedo celebrarlo antes. ¿Qué tal esta semana?

–Esta semana es el cumpleaños de mi hermano. El viernes.

–Vale, pues yo lo celebraré el sábado. No, el domingo. Así dejo un día en medio. Sí. El domingo será mi cumpleaños y cumpliré once años, como tú.

Teníamos las piernas estiradas hacia delante. Las de Una eran más largas que las mías, parecían más las de una niña de doce años que las de una de once. O incluso de trece. Mientras hablaba, iba entrechocando los dedos gordos dentro de sus botas de agua.

–Podemos quedar aquí –dijo–, tú y yo. ¿El domingo? Podríamos, no sé..., hacer lo que se hace en los cumpleaños.

Supongo que uno no tiene por qué saber lo que se hace en los cumpleaños si nunca ha celebrado ninguno.

–Sí –dije–. Sí, vale.

Quería quedar conmigo otra vez.

Lo estaba consiguiendo. Yo. Maggie. La mediana.

Estaba tendiéndole una trampa a una errante.

Sin embargo, Una no era como yo imaginaba. Estaba mugrienta, eso desde luego. Tenía barro en las arrugas de las rodillas y roña negra debajo de las uñas. No tenía a mi madre persiguiéndola con el cepillo de uñas y una pastilla de jabón carbólico todos los domingos por la noche, eso seguro.

Pero no parecía muy maligna.

–¿Maggie? –Una cogió la bolsa–. ¿Te importa si me voy? Te daré otra clase sobre cómo mover las orejas otro día, te lo prometo. Es por mi padre, que tiene mucha hambre. Me gustaría llevarle esta comida cuanto antes.

–Oh. Sí. Claro.

–Me lo he pasado bien. –Se levantó y se sacudió el vestido mugriento–. ¡Hace tanto tiempo que no tengo amigos!

¿Amigos?

–Y no te preocupes por lo de las orejas. Requiere mucha práctica. Yo tardé un mes entero en empezar a obtener resultados. Si tienes un espejo, úsalo.

Se echó la bolsa a la espalda.

No más dudas, Maggie mediana. No más esperas. Averigua dónde vive. Y averígualo ya.

–Yo, eh..., traeré más comida –dije–. Cuando pueda, eh... –Me atraganté. Tosí. Lo intenté de nuevo–. ¿Dónde puedo encontrarte? Quiero decir..., ¿dónde vives?

–Nos hemos instalado en un granero –dijo señalando hacia algún lugar impreciso del otro lado de la frontera.

¿Del otro lado de la frontera? Yo no podría cruzar, ni en broma.

–Pero no lo encontrarías –me dijo–. Ven aquí, al cementerio. Y yo te buscaré.

–Oh. De acuerdo.

–No traerás a ninguna otra persona contigo, ¿verdad?

–No. Si tú no quieres, no.

–No. –Ya no sonreía. Su rostro estaba inmóvil.

No más dudas, Maggie. No más dudas.

–¿Por qué no? –le pregunté.

Metió los labios entre los dientes y miró al suelo.

–A veces las personas de los pueblos pueden ser peligrosas. Eso es todo.

–¿Nosotros? ¿Peligrosos? Si somos tan temibles –le dije–, ¿por qué estás aquí?

–Porque necesito ayuda. Mi padre se hizo daño en una pierna, tiene fiebre y no puede cazar. Ni siquiera viajar, por eso estamos atrapados en ese granero. Tenemos mucha hambre. Y cuando vi que ayudabas a esa chica, la que se cayó del árbol, imaginé que tú y esos muchachos...

–Jed y Trig. Son mis hermanos.

–Sí, tus hermanos y tú, me parecisteis diferentes. De la clase de gente que estaría dispuesta a ayudar.

Me pellizqué un pellejito que tenía junto a la uña del pulgar.

–Muchas gracias por esto, Maggie –dijo dando unas palmadas a la bolsa–. Eres la mejor. Te devolveré la bolsa. Te lo prometo. ¿Volverás pronto? ¿Antes del domingo?

–Sí. Vale.

Se arrastró por la parte más ligera de los setos de espino. Más allá de la frontera. Allí la hierba parecía más brillante. Más fresca.

Tal vez solo era el sol.

–Adiós, Maggie.

El golpeteo de sus botas de agua casi rojas se fue perdiendo en la lejanía de la hierba más brillante y más fresca. Cuando llegó al bosque, el marrón de su vestido y el amarillo de su cabello se fundieron con las ramas hasta el punto de que ya no lograba distinguir qué era Una y qué eran árboles.

Me senté sobre William Whittington, con la barbilla en las manos, los codos en las rodillas. Lo había logrado. Había tenido un encuentro con una errante. Y volvería a verla otro día.

El señor Gebby continuaba martilleando. Los grillos zumbaban, cantaban y saltaban.

La brisa mecía las hojas: familiares difuntos que susurraban en sus tumbas. Susurraban y contemplaban.

MIÉRCOLES
3 DE SEPTIEMBRE

Capítulo 9

Trig estaba recostado sobre la mesa de la cocina y sujetaba un lápiz con todos los dedos de la mano. Tenía el maletín de las visitas de papá al lado del pie.

Ahora debía de haber más antibióticos allí dentro. No debía de ser Elsie la única que los necesitaba.

Trig había vuelto a ser demasiado lento en la escuela. Su maestro lo había enviado con un trozo de papel ribeteado y un pequeño lápiz para que acabara los deberes en casa. Así que allí estaba, escribiendo el edicto más antiguo de Andrew Solsbury con su mejor letra. Llevaba siglos. Yo habría podido hacerlo mil veces en el tiempo que él había tardado en escribir el primer renglón.

> «Del presente día en adelante, todo muchacho mayor, a la edad de catorce años, gozará del privilegio de asistir al campamento militar».

No me extrañaba que tardara tanto. Seguramente, habría ido más rápido si hubieran elegido algo más interesante que el discurso de un viejo político de hacía un millón de años. Como un poema o algo así. O una canción.

Me senté en el borde de la mesa con los pies apoyados en una silla. Coloqué los dedos en ambas sienes. Intenté mover las orejas.

«La falta de fuerza, intelecto o personalidad no constituirá ningún obstáculo.

Todos ellos lucharán por el país y la gloria en esta terrible guerra.

Sus infancias serán dichosas; y así se garantizará una vida pacífica al resto de la familia, que de ahora en adelante ya no verá, escuchará ni tocará la guerra.

Se convertirá en una guerra invisible, en una guerra silenciosa.

Los llamo a apoyar a todos aquellos que defienden el edicto y a castigar a aquellos que no lo defienden.

Miserables aquellos que se nieguen a enviar a los mayores al campamento.

Miserables ellos y sus familias».

Trig, al fin, acabó. Lo curioso era que tenía la peor letra de todos si le metías prisa, pero, si le dejabas el tiempo que necesitaba, tenía una letra hermosa. Con sus subidas y bajadas y sus rabos y sus caracoleos.

Siempre acababa doliéndole la mano, eso sí. Sacudió la muñeca delante de mí.

–Me duele, Maggie. Me duele.

–No te preocupes. Ahora ya has acabado. Y te ha quedado muy bien. ¿Por qué no sales fuera a ayudar a papá? Está haciendo algo con los pepinos. ¿Quieres que vaya a guardarte esto?

–¡Gracias, Maggie! –Y se fue corriendo–. ¡Papá! ¡Papá! ¡Ya he acabado de escribir!

Arrastré el maletín con los pies y lo saqué de debajo de la mesa. Lo abrí. Revolví con la mano.

Nada.

Ni un solo frasco.

Ni siquiera de los que no eran antibióticos.

Volví a empujarlo debajo de la mesa.

Llevé el escrito de Trig a la sala de estar y lo dejé sobre un estante. Los ojos del Jed Real me siguieron por la habitación. Reparé en un detalle que había en la esquina inferior derecha del cuadro. Me acerqué.

«Jed G. Cruise, mayor destinado a la gloria.
H. S. Wetheral».

Regresé a la cocina con los ojos de Jed detrás de mí todo el camino. Cerré la puerta.

* * *

–Bueno. –Mamá dejó caer la mochila en la mesa. Unos trozos de barro seco saltaron y se diseminaron por todas partes–. La fiesta de Jed es el viernes. Vamos a necesitar ayuda para prepararlo todo.

–Maggie y yo nunca tenemos fiestas. –Trig aplastó una de las migas de barro con el dedo ensuciándolo todo más aún–. ¿Por qué no podemos celebrar fiestas nosotros también?

–Jed es un mayor.

Papá se acercó con un paño húmedo, pero mamá interpuso el brazo antes de que llegara y lo posó sobre la mesa. Tiró el barro al suelo. Busqué la mirada de papá. Él pestañeó.

–Hay mucho que hacer –dijo mamá–. Lo primero es lo primero. Trig, ¿por qué no vas a casa de los Wetheral después de comer y le pides a Elsie un pronóstico? No quiero utilizar el ayuntamiento a menos que sea necesario.

¿Elsie?

–¿Por qué tengo que ir yo? –preguntó Trig–. Es la fiesta de Jed, debería ir él, ¿no? Jed nunca hace nada.

¿Elsie Weather?

–Mamá te lo ha pedido a ti, Trig –dijo papá.

¿Elsie Weather, la misma que con total seguridad tenía un frasco de trellicilina en su casa?

–Pero no me gusta ir a ver a Elsie. Nunca sonríe. Yo me quedo mirándola, pero ella se queda seria. Ni siquiera...

–Ya voy yo. –Todos se volvieron a mirarme–. Yo iré, y que Trig haga lo que fuerais a pedirme a mí. ¿Está bien así?

–A mí me da igual quién hace qué mientras hagamos lo que hay que hacer. –Mamá se sacudió el pelo. Las puntas se le levantaban–. Llévate un poco de queso como pago, Maggie.

–Queso, no. –Papá levantó un plato de patatas nuevas de la superficie de trabajo–. Harina. Llévale un puñado de harina.

–Está bien. –Mamá cogió una patata del plato–. Queso y harina.

Trig me dedicó un enorme abrazo al más puro estilo Trig.

–Gracias, Maggie.

–Esto quiere decir que te va a tocar hacer masa con papá después de comer, Trig –dijo mamá–. Mucha masa.

Trig se desplomó sobre una silla.

–Pero es que odio hacer masa.

–Mala suerte –respondió mamá.

* * *

Golpeteé la aldaba de madera en forma de pájaro carpintero. Inclinaba la cabeza de tal manera que el pico golpeaba la puerta. Toc, toc, toc.

El gato siamés se acercó con sigilo. Emitió un maullido gruñón.

Llamé otra vez. Toc, toc, toc.

El gato parpadeó.

TOC, TOC, TOC. Llamé más fuerte.

La puerta se abrió y el gato entró disparado.

–Ya va, ya va. Una anciana como yo necesita su tiempo para bajar las escaleras. –Era Elsie, apoyada en su bastón. Lucía el mismo vestido de cuadros rojos que tenía que llevar yo a la escuela. Solo que debían de haber pasado cien años desde que ella dejó el colegio.

–Eh..., he venido porque necesitábamos pedirle, señora Weather, que nos haga un pronóstico.

Se le fueron los ojos a la jarra.

–Harina –dije levantándola–. Le he traído un poco de harina. Y queso.

–¿Un pronóstico?

Asentí. Abrió más la puerta. Entré. Cerró la puerta tras de mí y el vestíbulo quedó a oscuras, iluminado solo por una lúgubre luz que despedía el farolillo. Mis ojos tardaron un instante en acostumbrarse.

En un lado del vestíbulo había infinidad de cosas apiladas. Abrigos, zapatos desparejados, montones de libros e incluso montañas de papeles. Más papel del que jamás había visto en ningún lugar. Eché un vistazo a mi alrededor en busca del pequeño frasco marrón.

–Eh..., mi madre dice...

–Calla, pequeña Cruise, Hannard está en plena sesión.

La puerta del estudio de pintura del señor Wetheral solía estar solo entreabierta. Por la ranura se entreveía el retazo estrecho de una niña, me pareció. De fondo, se oía murmurar la voz suave del señor Wetheral.

Elsie extendió la mano para recibir el queso. Desenvolvió una esquina y lo olfateó. Se lo guardó en el bolsillo del delantal. Extendió la mano otra vez. Le entregué la harina.

–Entra ahí. –Señaló hacia la sala de atrás con la jarra–. Prepararé un té.

–Oh, no, señora Weather, no se...

–Calla, niña. Y entra ahí.

Trig tenía razón. Nunca sonreía.

La sala trasera estaba repleta de todo tipo de trastos. Cajas y cajones, botes y frascos viejos, tazas con las asas rotas, cables con enchufes en la punta con las piezas que se ensartan en la pared, pizarras con todo el alfabeto escrito en pequeñas cuadrículas. «Todo inservible», como diría papá. Y había libros. Montañas y montañas de libros. Algunas sobre estantes que llegaban hasta el techo. Eran como la biblioteca de la escuela multiplicada por diez.

Me abrí paso entre los trastos. Me senté en una silla medio vacía, retiré un vaso del asiento. LA ANGELS, rezaba la inscripción.

En la pared que tenía delante, colgaban viejas fotografías, certificados, pequeñas tallas en madera e incluso dos máscaras largas y delgadas que tenían el pelo de paja y unos huecos en el lugar de los ojos. Todo era antiguo y estaba torcido y abigarrado.

Me incliné hacia delante y levanté la solapa de una caja de cartón; estaba llena de papel impreso amarillento. Papel de periódico de otros tiempos.

MISERABLES AQUELLOS QUE SE NIEGAN, rezaba una frase en negrita en la cabecera. El resto del texto era más pequeño. «Una familia fue expulsada de Midleaf por los vecinos furibundos la semana pasada cuando estos desobedecieron el edicto de los mayores y se negaron a enviar a su hijo al campamento».

¿Expulsada?

Aparté algunos papeles y leí otro titular que estaba en otro periódico del montón. JUNTOS PODEMOS SALVAR EL PAÍS. «Andrew Solsbury, líder de la oposición, lanza un mensaje de esperanza. ¿Ganará las elecciones anticipadas de la próxima semana?». Eché un vistazo a otro que había más abajo todavía. UNA ÉPOCA OSCURA SE CIERNE SOBRE NOSOTROS. «Una serie de ataques terroristas coordinados han...».

–¿Pequeña Cruise?

Solté los periódicos y volví a sentarme erguida.

–El té. –Elsie apareció por la puerta con una taza llena de agua.

Me abrí paso hasta ella entre los trastos y la cogí. La olí. Manzanilla. Puaj.

–Gracias, señora Weather.

Elsie atravesó la estancia ayudándose de su bastón. Se detenía a resoplar a cada paso.

–¿La ayudo? –le ofrecí–. ¿Quiere que le despeje un poco el camino?

–No toques nada. Es de Hannard.

Tal vez para el señor Wetheral todo aquello no eran trastos. Quizá eran tesoros.

Di un sorbo al té. Si iba dando pequeños sorbos, en algún momento conseguiría llegar al final.

Elsie alcanzó las puertas de cristal del fondo.

–¿Qué es lo que quieres saber, pequeña Cruise? ¿Un pronóstico para Guy Fawkes? ¿Navidades? Cien por ciento veraz. Siempre. La naturaleza no miente. No sabe mentir.

–Solo del viernes, por favor, señora Weather. Mi madre quiere saber si el viernes va a llover. Jed cumple catorce años, ¿sabe? Celebraremos su fiesta.

Farfulló, se peleó con la llave unos instantes y abrió la puerta.

El jardín presentaba un aspecto más caótico aún que la casa. Verduras espigadas, hiedras trepadoras, arbustos enmarañados, árboles tenebrosos. Plantas y hojas rastreras, colgando y trepando por todas partes.

Elsie palpó el suelo con el bastón, encontró suelo firme y salió.

–Espera aquí –me dijo.

Avanzó renqueante a través del patio invadido por malas hierbas, esforzándose por mantenerse erguida. Continuó abriéndose paso entre los matorrales en busca de insectos que atrapar y dientes de león que arrancar.

No tenía mucho tiempo.

Volví rápidamente al vestíbulo. El señor Wetheral no podía verme desde ese ángulo. Me asomé por encima de las montañas de abrigos y zapatos y libros: ni rastro de frascos de medicamentos.

Eché un vistazo entre las pilas de papeles con todo el sigilo del que era capaz. Nada.

¿Dónde podía estar? Piensa, Maggie. ¿Dónde guardaría papá los nuestros? Miré a mi alrededor.

La cocina.

Era igual de caótica que el resto de la casa. Peor, incluso. Había barreños de agua y un cesto de patatas justo en la mitad de la habitación, en el suelo. Montañas torcidas de platos, cacharros y una caja rebosante de restos de comida sobre la encimera, y el gato siamés restregándose contra unos objetos y otros.

Y más allá, junto a la ventana del fondo, una mesa.

Definitivamente, el tipo de lugar donde guardar el frasco de un medicamento.

Posé la taza en el borde de la encimera y me acerqué a inspeccionar.

La mesa estaba repleta de cosas. Cubiertos, monedas viejas reverdecidas, destornilladores con el mango naranja, un jarrón vacío con un anillo oscuro en el interior. Libros, vasos, tazas, una sierra...; y allí, en el borde, un pequeño frasco marrón. La trellicilina.

Había una ventana detrás de la mesa. Elsie continuaba en el jardín, volteando hojas y destripando larvas.

Cogí el frasco. *Elsie P. Wetheral. Trellicilina. 250 mg.* Estaba prácticamente lleno.

Volví la vista para comprobar si el señor Wetheral y su visitante seguían en la habitación de la entrada y me quedé petrificada.

Capítulo 10

El señor Wetheral desapareció de mi mente. Elsie desapareció de mi mente. Hasta la trellicilina desapareció de mi mente.

Tres cuadros. A mi izquierda. En la pared de la cocina.

Me quedé mirándolos.

Eran más pequeños que los retratos habituales, solo de la cabeza y los hombros. Uno era de una mujer y los otros de dos niñas, una mayor que yo y la otra más pequeña. La mitad de cada rostro era tan realista como cualquiera de los retratos del señor Wetheral: unos labios que podrías aplastar si los presionaras con los dedos y un cabello profundo y oscuro como mermelada quemada.

Pero en la otra mitad del rostro estaba todo mal. El de la niña más pequeña estaba pintarrajeado, emborronado y hecho a retazos: era el rostro de una muñeca de trapo. El rostro de la más mayor se fundía con el fondo del cuadro: la oreja, el pelo y la piel se fusionaban con la pared que tenía detrás. El rostro de la mujer quedaba cortado: una línea fina atravesaba su cabeza por la mitad de tal manera que lo único que se veía era el grabado en roble del respaldo de la silla.

La mitad de cada rostro estaba dañada, igual que la mitad del señor Wetheral tras el incendio.

«Tenía una esposa, y dos hijas.

Ellas gritaban.

Gritaban y lloraban».

Elevé las manos y me toqué los ojos, la nariz, la boca.

Suave. Lisa. Tersa.

«Lo hicieron los errantes. Prendieron fuego a la casa».

Errantes.

¿Una?

¿Su padre?

¿De verdad podían haber hecho algo así?

¡CRASH!

La taza estalló contra el suelo; té por todas partes y el gato encaramado a la encimera.

Me metí el frasco en el bolsillo de los pantalones.

El gato me miró.

–¿Madre? ¿Está todo bien? –El señor Wetheral salió del taller de pintura con su paso renqueante. Pie fuerte, pie débil, pie fuerte, pie débil.

–Señor Wetheral, yo...

–Ah, Maggie Cruise. –Recorrió toda la distancia hasta el vestíbulo–. Ya me pareció antes que alguien había llamado a la puerta. ¿Qué ha sido ese golpe? ¿Madre está bien?

–Sí, sí, está bien. Está en el jardín. He venido a pedirle un pronóstico. El ruido... ha sido de mi taza y el gato. Lo siento. ¿Quiere que lo recoja?

El señor Wetheral se volvió hacia los tres retratos y, después, de nuevo hacia mí.

–¿Maggie? –Beth Goodman salió del taller de pintura. Una mayor que partiría al campamento unos meses después–. ¿Qué haces aquí, Maggie? –preguntó desde el vestíbulo–. No deberías estar aquí. Eres una mediana. Y el señor Wetheral solo pinta a los mayores. ¿No es cierto, señor Wetheral?

–Bueno, no es así como yo...

–No estoy haciendo nada –contesté–. Quiero decir que solo he venido a por un pronóstico del tiempo, para la fiesta de Jed, y la señora Wetheral me ha invitado a una taza de té, y al ir a la cocina a dejarla, la he puesto en la encimera y el gato la ha tirado. Lo siento, señor Wetheral. Ahora lo limpio. ¿Tiene un trapo? ¿Y una escoba?

–Está bien, Maggie. No te preocupes. No es culpa tuya. –La voz del señor Wetheral era suave y calmada–. Beth, vuelve al taller y colócate de nuevo en tu lugar, no tardaré.

Ahuequé la mano y tapé el bulto que formaba el frasco en el interior del bolsillo.

Tienes que salir de aquí, Maggie. Tienes que irte.

–¿Pequeña Cruise? ¿Pequeña Cruise? ¿Sigues ahí? –Elsie se desplazó arrastrando los pies desde la sala trasera.

–Cuidado, madre –le advirtió el señor Wetheral–, se ha roto algo.

–Sí, lo lamento, señora Wetheral, ha sido un accidente.

Elsie entró en la cocina y rodeó los trozos rotos de la taza sin prestarles la menor atención. Abrió un armario y sacó un hatillo con algo envuelto en un paño, con las cuatro puntas atadas cuidadosamente en una firme lazada.

–Panecillos –dijo tendiéndome el hatillo con el brazo tembloroso.

–Gracias, señora Weather, pero no tengo hambre. Solo he venido a...

–Para compartir. –Elsie señaló con la mirada el hatillo tembloroso.

–¿Para compartir? ¿Con quién? –El frasco me apretaba la pierna.

Tengo que irme.

Tengo que irme.

–Ya se te ocurrirá con quién, seguro.

–Acéptalos, Maggie –dijo el señor Wetheral–. Madre hace los mejores panecillos del pueblo.

–Pero, señora Weather, ¿qué me dice del tiempo? El viernes, la fiesta de Jed. –Tomé el fardo de panecillos, sin apartar la mano que tenía posada firmemente en el bolsillo.

–¿El tiempo? –Se frotó los labios con los dedos huesudos–. Hará sol el viernes. Cuidado a partir del sábado a mediodía. Todo cambiará a partir del sábado por la tarde.

* * *

Eché a correr por el camino. El frasco iba dando botes en el interior de mi bolsillo. Eso de robar no era lo mío. No se me podía dar peor.

Doblé la esquina con los ojos clavados en el suelo...

¡UUUF!

Me eché rápidamente hacia atrás, pero alguien me cogió del brazo e impidió que cayera.

–¿Tienes prisa, Maggie?

La alcaldesa Anderson.

–No te habrás metido en ningún lío, espero. –Continuaba cogiéndome del brazo. La piel de su rostro estaba surcada por minúsculas venas rojas–. ¿Qué llevas ahí?

¿La trellicilina?

¿Cómo se había enterado?

¿Veía a través de la tela del bolsillo?

–Te he preguntado qué llevas ahí, Maggie. –Señaló con la mirada hacia el bulto del hatillo.

Los panecillos.

Pues claro que no podía ver la trellicilina. Por supuesto que no.

–Ah, esto. Son unos panecillos. De la señora Weather.

–Ya veo. –Me soltó el brazo–. ¿Estás bien, Maggie? Pareces algo sobresaltada.

–No, alcaldesa Anderson. Esto, sí, quiero decir... –Debería contárselo. Contarle lo de Una y su padre. Después de todo, eran errantes, y mira lo que habían hecho los errantes..., habían matado a toda la familia del señor Wetheral–. El caso es que el lunes me...

Espera.

No tenía pruebas todavía.

No iba a creerme.

Y el padre de Una no tenía los antibióticos. Seguía enfermo. No era justo entregarlo así todavía.

Además, me hacía ilusión recibir mi segunda clase para aprender a mover las orejas.

–Quiero decir que sí, alcaldesa Anderson, que estoy bien. Solo quería ir corriendo hasta el campo de las mariposas.

»Trig se dejó el jersey allí.

Fue lo único que se me ocurrió.

–Los pequeños, ¿eh? Son un caso. –Pestañeó. Esbozó su sonrisa descendente–. Escucha, Maggie. Dile a tu madre que el sábado tendré una cosa para ella, después de llevar a vuestro Jed al campamento. Me han prometido unos plátanos. Por primera vez. Le guardaré unos cuantos.

–Oh, vale. Gracias.

–Gracias, ¿qué más?

–Gracias, alcaldesa Anderson.

–Así me gusta. Pues, hale, ve a recoger el jersey de tu hermano.

Me alejé en dirección al campo de las mariposas. No era el mejor camino para ir al cementerio, pero lo atravesaría cuando no hubiera nadie mirando.

Me iba tocando el bolsillo mientras corría.

El frasco seguía allí.

¿Qué había dicho la alcaldesa Anderson que iba a llevarnos el sábado?

¿Plátanos?

Esas cosas amarillas.

Había visto fotos en los libros.

Capítulo 11

Me asomé a mirar por la parte menos espesa del seto de espino, donde las bayas rojas colgaban junto a mis mejillas. Los bosques se extendían al otro lado.

–¿Una? ¿Estás ahí? –emití una especie de susurro fuerte, para que Una me oyera sin que mi voz llegara muy lejos–. ¿Una?

–Aquí. Estoy aquí. –A unos cinco palmos de mí, emergió Una de entre el seto, como si apareciera por arte de magia de las hojas y las ramas. Se colocó el cabello detrás de las orejas. Acto seguido, se le soltó. Al verlo, cualquiera diría que a esas alturas ya podía dejar de molestarse en despejarse la cara.

Sonrió, aunque de manera tímida.

–Sabía que vendrías, Maggie. –Tenía los ojos rojos. Llorosos.

–¿Estás bien? –le pregunté.

–Sí, sí, claro. –Los labios dibujaron una sonrisa más amplia, que reveló el hueco y toda la dentadura, pero no era una sonrisa de verdad.

–No pareces sentirte bien –le dije.

Tomó una bocanada de aire temblorosa.

–Es mi padre. Está peor. Mucho peor. Hoy es como si delirara. Y la herida de la pierna... está como... huele mal. Nos encontramos atrapados allí y no hay otros errantes por la zona, así que no me gusta dejarlo solo demasiado tiempo. No sé qué hacer, Maggie; no tengo ni idea de qué hacer.

La trellicilina.

Saqué el frasco del bolsillo de mi pantalón corto.

–Mira, tengo esto.

Una lo cogió.

–¿Esto es un antibiótico?

–Sí. Para tu padre. Lo ayudará con la pierna. Y con la fiebre.

Una abrió la boca de par en par. Se llevó la mano a los labios.

–¡Oh! ¡Oh! ¡No puedo creerlo! Jamás pensé que..., no me lo puedo creer. Maggie, ¿eres de verdad? Eres como nuestro ángel de la guarda.

Levanté el dedo pulgar.

Una giró el frasco de manera que la etiqueta quedó para arriba.

–¿Pero quién es esta? –preguntó–. ¿Quién es Elsie P. Wetheral? ¿Este medicamento es suyo? ¿Estará bien sin tomarlo?

Ni siquiera me lo había planteado.

–Ella, eh..., sí, estará bien –respondí–. Pensará que lo ha perdido. O que no llegó a llevarlo a casa. No tiene muy buena memoria, ¿sabes? Conseguirá otro. El doctor Sunita tenía muchos.

¿Era cierto que el doctor Sunita tenía más? No lo sabía.

Una negó con la cabeza.

–No me lo puedo creer. Eres la mejor, Maggie Cruise. La mejor. ¿De verdad está bien, puedo llevármelo?

–Pues claro que sí.

Metió el frasco en el enorme bolsillo hecho de retazos de la parte delantera del vestido y sacó el trapo del día anterior.

–Toma –dijo–. Esto es tuyo. La comida estaba deliciosa. DE-LI-CIO-SA. Mi padre no consiguió comer mucho, así que le guardé un poco. Oh, ha sido lo mejor que he comido desde que se hirió la pierna. En realidad, el pastel de verduras es probablemente lo más rico que he comido desde que murió mi abuelo. A mi padre se le da bien la caza, pero la cocina no es lo suyo, y lo mío tampoco.

¿Desde que murió su abuelo?

–¿Cuándo murió tu abuelo? –le pregunté.

Se mordió el labio.

–Hace dos inviernos.

Hace dos inviernos. Ese año, el agua de las tuberías del lavadero se congeló. Tuvimos que ayudar a mamá a rescatar a las vacas de la nieve. No todas salieron sanas y salvas.

–Hizo mucho mucho frío –dije.

–Sí, demasiado como para que un hombre anciano sobreviviera, eso es lo que dice mi padre.

Lo recuerdo. La alcaldesa Anderson reunió a todos los ancianos del pueblo ese invierno, y a las familias que tenían bebés. Los metió en el ayuntamiento y mantuvo una hoguera encendida todo el tiempo, incluso por la noche. Encargó a los hermanos Parker que les llevaran una comida caliente cada día y unas gachas por la mañana. Al abuelo Cruise le encantaba. «Acunando bebecitos y cantando canciones todo el día, ¿qué más se puede pedir?», decía.

Debía de haber sido muy duro ser un errante aquel invierno.

–¿Y cómo era tu abuelo? –le pregunté.

–Era el mejor abuelo del mundo. –A Una se le dibujó una gran sonrisa–. Él me enseñó a mover las orejas. Y solía cocinar huevos escalfados con ajo de oso cuando conseguíamos hacernos con unos huevos. Cuando mi padre salía a cazar por la noche, él se quedaba conmigo y jugábamos a las cartas todo el tiempo; al veintiuno o al *gin rummy*. Acababa tan cansada que al final se me caían las cartas de las manos.

Se me encogió el corazón. Por Una. Por su abuelo. Pero, sobre todo, se me encogió el corazón por el abuelo Cruise. Sobrevivió a aquel invierno, pero murió pocos meses después.

–Mi abuelo también murió –dije–. El año pasado.

–¿Sí?

–Sí.

–¿De frío?

Negué con la cabeza.

–Del corazón. Empeoró y empeoró y empeoró hasta que llegó un momento en que ya no era el abuelo Cruise. Antes de ponerse enfermo, solía llevarnos a pescar. Nos fabricaba redes con palos y cortinas viejas. Pero todo eso se acabó cuando enfermó, y entonces murió, y ya no hubo más abuelo Cruise.

Una metió las manos en el bolsillo y comenzó a juguetear con el frasco.

–De alguna manera siguen aquí, ¿verdad? En nuestra mente. –Se dio una palmadita en la parte superior de la cabeza–. En nuestra memoria. Si los recordamos, no se van del todo. O eso me parece a mí.

Tenía razón. El abuelo Cruise no se había ido del todo. No se iría mientras yo siguiera recordándolo.

–¿Has practicado cómo mover las orejas? –preguntó.

–Un poco. –Intenté hacerlo–. Pero todavía no me sale.

–¿Te importa –me dijo– si nos reservamos la segunda lección para otro día? Es por mi padre, se encuentra muy mal. No quiero dejarlo solo mucho tiempo.

–Claro –contesté–. Deberías irte ya y llevarle los antibióticos.

–¿Vendrás otro día? ¿Mañana, tal vez?

Asentí.

–Mañana. Al salir de la escuela. Intentaré traerte más comida, si puedo.

¿Comida?

El hatillo de trapo.

Tenía un montón de panecillos allí mismo, los llevaba conmigo.

Extendí el brazo para tendérselos.

–Puedes llevarte esto también –le dije–. Son panecillos. Casi me olvido.

–¿Estás segura?

–Claro.

Yo no los necesitaba.

Una cogió el hatillo con los dos brazos.

–De verdad, eres nuestro ángel de la guarda, Maggie.

Se deslizó a través del seto y se alejó de Fennis Wick. Yo la seguí con la mirada a través de las ramas espinosas cargadas de bayas. Cruzó la hierba y se adentró en el bosque.

Una brisa susurró a través del seto. Algo diminuto llamó mi atención. Una crisálida, que se balanceaba, suspendida bajo una hoja. Una mariposa nueva en el interior. Envuelta y creyéndose a salvo, pero pendiendo de un hilo finísimo.

* * *

Era tarde. Bajé las persianas y me desvestí, pero no me metí en la cama. Me senté, recostada sobre la almohada, con las rodillas dobladas bajo el camisón.

Comida.

Tenía que conseguirle más comida a Una.

Para atraparla. No para ayudarla.

Era una errante. Mugrienta, maligna, mentirosa.

No estaba haciendo aquello para ayudarla.

En realidad, no.

Probé a mover las orejas para ir practicando mientras esperaba a que todos se acostaran.

Cuando se hizo el silencio, encendí el farol. Despedía una cálida luz en la oscuridad. Lo cogí y salí con sigilo de la habitación.

Las sombras crecían en las paredes a medida que descendía por las escaleras. Sin hacer ruido, sin hacer ruido, sin hacer ruido.

Ñiiiiiiii. ¿Por qué hacía ese chirrido tan escandaloso por la noche la puerta de la cocina? Durante el día, apenas se oía. Es curioso cómo por la noche se aguza el oído y, en cambio, la vista empeora. Levanté el farolillo un poco más.

Snif, snif.

Me detuve. ¿Había alguien en la sala de estar?

Snif.

Traspasé el umbral con el farolillo para iluminar. Había alguien allí, acurrucado en un sillón, llorando. Frente al retrato de Jed.

¿Mamá?

Mamá no se acurrucaba. Mamá no lloraba.

Mamá recolectaba patatas y gritaba a las vacas lecheras y pisoteaba el suelo limpio de la cocina con las botas llenas de barro.

Ella no se acurrucaba ni lloraba.

–¿Mamá?

Pegó un respingo.

–¿Maggie? Qué susto me has dado. ¿Qué estás haciendo aquí? –Desvió la mirada y escondió la cara.

–He bajado a por un poco de agua. –Los ojos se me estaban empezando a acostumbrar a la oscuridad. Vislumbré una parte del Jed Real. Sus manos. Su rostro.

–Es un retrato maravilloso, ¿verdad? –Mamá carraspeó y se estiró con suavidad el camisón–. Somos afortunados. El señor Wetheral nos ha honrado. Sí, somos afortunados. El valeroso Jed se marchará el sábado de campamento y podremos conservar un maravilloso retrato. No podemos ser más afortunados.

–¿Estás bien, mamá?

¿Qué haces si te encuentras a tu madre llorando?

¿La abrazas?

¿Le dices algo?

Yo me limité a quedarme en la puerta.

–Sí, sí –me dijo–. Estoy bien. Voy a echarlo de menos, eso es todo. A Jed. Lo echaré de menos cuando se vaya al campamento. Y también he estado pensando en Lil, en todas las cosas que solíamos hacer juntas.

–Pero a Lil le va todo bien, ¿no?

Lil. La hermana mayor de mi madre, que se fue al campamento años atrás. Ahora era comandante en la Guerra Silenciosa, siempre tan ocupada que no podía venir jamás de visita.

–¿Mmmm? Ah, sí. Todo le va bien. Pero la echo de menos. Y echaré de menos a Jed.

–Pero es bueno que se vaya al campamento, mamá. Es un mayor. Especial. Valeroso.

–Pues claro que lo es, Magsie. Claro que lo es. Desde luego que sí.

–Y lo veremos cuando regrese.

Volvió a carraspear.

–Sí, sí. Claro que sí.

–Y tal vez llegue un día en que Lil pueda venir de visita.

–Sí, seguro que sí. –Se acarició el cabello con las manos–. Bueno, me voy a la cama. Date prisa. Acuéstate rápido. Mañana tienes que ir a la escuela.

Subió las escaleras y desapareció en la oscuridad.

No me extrañaba que Lil no viniera de visita. Si yo consiguiera salir de Fennis Wick y no tuviera que pasar el resto de mi vida lavando ropa, acarreando agua y haciendo masa, tampoco volvería.

Atravesé la cocina hasta la despensa. Percibí el olor a queso y a lavanda.

Llené la bolsa, la subí conmigo a la habitación y la guardé en el cajón del medio. Nadie miraba allí. Mañana, al salir de la escuela, la llevaría al cementerio.

Para atrapar a Una.

No para ayudarla.

JUEVES
4 DE SEPTIEMBRE

Capítulo 12

–¿Maggie?

La voz de mi madre irrumpió en mi sueño.

–¿Maggie?

Al abrir los ojos, me picaban, veía borroso.

–¿Maggie, estás despierta? –Me estaba llamando desde el rellano–. Más vale que te levantes o llegarás tarde a la escuela.

La escuela. Iba a tener que soportar un día entero de escuela antes de llevarle la comida a Una al cementerio.

Volví a taparme la cabeza con el edredón.

* * *

–Os alegrará saber que Lindi Chowdhry se ha recuperado lo bastante como para estar con nosotros esta mañana. –La señorita Conteh parpadeó como si todavía no estuviera despierta del todo–. Solo la tendremos con nosotros hasta la hora de comer. El doctor Sunita quiere que descanse todo lo posible, teniendo en cuenta que el sábado se va al campamento. ¿No es cierto, Lindi?

–Sí, señorita Conteh. –Lindi estaba sentada con actitud formal. Lucía una bufanda rosa moteada envuelta en la cabeza y anudada en el cogote. Su aspecto habría sido tan impecable y pulcro como siempre de no ser por los cercos morados que le rodeaban los ojos. Recordaba a los hermanos Parker pasados de cerveza después de una trifulca de medianoche.

–Me han contado más detalles sobre cómo fue el accidente. –La señorita Conteh emitió el tercer bostezo del día. Y eso que solo llevábamos quince minutos en la escuela–. Parece ser –prosiguió– que Jed Cruise, otro de nuestros mayores, le administró valerosamente los primeros auxilios y se mantuvo junto a Lindi en todo momento hasta que llegó la ayuda, haciendo gala de cuán valientes son nuestros mayores.

¿Que administró valerosamente los primeros auxilios?

Fue Trig quien recordó cómo utilizar las técnicas de primeros auxilios, todas ellas. Y la ayuda no habría llegado si yo no hubiera salido corriendo a buscarla.

–Bravo, Jed –prosiguió la señorita Conteh–, y enhorabuena por tu pronta recuperación, Lindi. Estoy convencida de que solo un mayor tiene la capacidad de curarse con tanta rapidez. Espero que mi pequeño Michael sea también así.

Lindi inclinó la cabeza hacia Jed. A él se le sonrojaron las mejillas.

No merecía la pena decir nada. No merecía la pena en absoluto. Nadie me escucharía. No, de momento. No, hasta que fuera una heroína. Algo que iba a lograr en cuanto atrapara a un errante.

En cuanto atrapara a Una.

Cosa que pensaba hacer sin dudarlo en cuanto su padre mejorase.

Y, entonces, todo el mundo empezaría a escucharme.

–Por tanto, clase cuatro, estoy segura de que puedo confiar en que seréis extremadamente cuidadosos con Lindi a lo largo de esta mañana. No quiero empujones ni codazos y, si diera alguna señal de encontrarse mal, os ruego que me aviséis de inmediato.

En la hora del recreo, todo el mundo quería estar cerca de Lindi.

–¿Me enseñas las vendas?

–¿Te salvó el doctor Sunita?

–¿Jed te dio el beso de la vida?

–¿Jed te besó?

–¿Llegaste a morir y regresaste a la vida?

Puaj.

–¿Te despertaste con toda la boca de Jed encima de ti?

Puaj.

–Estuve a punto de morir. –Lindi los miró desde debajo de sus oscuras pestañas–. Jed me salvó. De hecho, si no llega a ser por que él sabía primeros auxilios, lo más seguro es que hubiese muerto.

Se enroscó en el dedo un mechón de pelo que había escapado del pañuelo que llevaba atado a la cabeza.

Trig empezó a trotar en el sitio, que es lo que mi padre le había dicho que hiciera cuando se sintiera nervioso.

Jed abrió la boca como si se dispusiera a decir algo, pero la cerró otra vez.

–Vamos, Trig –dijo, buscándome con la mirada.

Cogimos entre los dos a Trig, cada uno de un brazo, y lo condujimos hasta el otro extremo del patio. Nos sentamos en el asfalto caliente. Yo arranqué los tallos de pamplinas que crecían en las grietas.

–Qué bien que Lindi se encuentre bien, ¿verdad? –dijo Trig con las piernas todavía temblorosas.

–Sí. –Jed se limpió la nariz con el dorso de la mano.

–Sí –dije.

–Fui yo quien se acordaba de cómo aplicar los primeros auxilios, ¿verdad? ¿A que sí, Jed? ¿A que sí, Maggie?

–Sí. Fuiste tú.

–Por supuesto que sí.

Seguí arrancando tallos de pamplinas.

¿Cuánto tiempo me llevaría arrancar todas las pamplinas del patio de la escuela?

¿Un día?

¿Una semana?

Jed frotó el suelo con las palmas de las manos. Cogió una piedra.

–¿Oísteis lo que dijo Beth Goodman ayer en el recreo? –preguntó Trig–. ¿Tú lo oíste, Maggie? ¿Y tú, Jed? –Se cogió el labio superior–. Dijo que la alcaldesa Anderson se había olvidado de bajar las persianas. Contó que su madre había tenido que ir hasta su casa y llamar a la puerta para recordárselo. Y Beth dijo que su madre había dicho que, si la alcaldesa Anderson seguía olvidándose, cualquier día saldríamos volando todos en mil pedazos en mitad de la noche y que todo sería culpa de la alcaldesa. ¿Creéis que volverá a olvidarse? ¿Creéis que acabaremos todos hechos añicos? ¿Qué son añicos? ¿Jed? ¿Maggie?

–Deja de comerte la cabeza, Trig. –Jed lanzó la piedra sobre el asfalto desmigajado–. Estoy seguro de que no volverá a olvidarse. –Arrojó una segunda piedra.

Trig encontró un trozo de asfalto quebrado y lo lanzó. No llegó tan lejos como los de Jed. Los dos se tumbaron bocabajo e hicieron un concurso de tirar piedras.

Miré hacia el sur. Más allá del cementerio. Más allá de la frontera. Árboles y montañas y arbustos resplandecían bajo el sol. Y en algún lugar, oculto, había un granero. Y en el interior estaban Una y su padre enfermo.

A menos que me estuviera mintiendo, claro.

Cosa que podía ocurrir.

Pero no me lo parecía.

Solo quedaban cuatro horas y media de escuela.

Solo cuatro horas y media para volver a verla.

* * *

–¡Ya hemos llegado! ¡Ya hemos llegado!

¿Es que Trig era incapaz de hacer nada con discreción? Mi plan era subir las escaleras sin hacer ruido, coger la bolsa de comida del cajón y marcharme al cementerio antes de que mi padre se diera cuenta de que ya estábamos en casa. Pero ya podía irme olvidando.

–Me alegro. –Mi padre asomó la cabeza por la puerta de la cocina–. Hay muchas cosas que hacer, entre ellas lavar la ropa. Tenemos que hacer la colada hoy, Maggie, tanto si hay fiesta como si no.

Resoplé. Jueves por la tarde. Me tocaba hacer la colada. Lo había olvidado por completo. Tendría que esperar otra hora y media, como mínimo, para poder ir al cementerio.

–Trig, ayuda a Mags, ¿quieres? Y no se lo dejes todo a ella.

Trig y yo nos quitamos los uniformes y acarreamos toda la ropa sucia hasta el carrito. Al menos, hacía sol. Al menos, se secaría bien.

Capítulo 13

–Hola, Maggie. No es frecuente encontrarse a nadie por aquí, en el cementerio, un jueves por la tarde.

El señor Wetheral. ¿Qué estaba haciendo allí?

Se dirigió hacia mí, con un palo en una mano y unas tijeras de podar en la otra. El pie fuerte, el pie débil. El pie fuerte, el pie débil.

–Oh, hola, señor Wetheral. –Lancé una mirada de soslayo hacia el seto de espino. ¿Estaría allí Una? ¿La habría visto?–. Yo es que... bueno... me gusta venir aquí de vez en cuando. Para... eh... ver mariposas.

–¿Mariposas? –Enarcó una ceja–. ¿Y no sería mejor que fueses a los campos de las mariposas?

Sí, tenía razón... si fuera cierto que estaba buscando mariposas.

–Bueno –agregó–, estoy seguro de que por aquí también encontrarás un montón. Hay muchas ortigas alrededor de la vieja iglesia, y, como dice mamá, «Allá donde hay ortigas, hay orugas».

Eché un vistazo detrás de los matorrales. No salgas, Una; si estás ahí, quédate ahí.

–Yo he estado arreglando y recortando las plantas de las tumbas. –El señor Wetheral alzó las tijeras de podar.

–¿Las tumbas?

Eché un vistazo a William Whittington y Georgina Millicent Cruise. Las plantas estaban tan asilvestradas como siempre.

–Las de mi familia. Están detrás de la iglesia.

Las tumbas de los Wetheral. Claro. Siempre cuidadas, limpias y ordenadas.

–Oh –dije–. Sí.

–Bueno, ya debo irme. Que disfrutes de tus mariposas. Mira, ahí hay una.

Una blanquita de la col salió revoloteando de entre las largas briznas de hierba.

–Adiós, Maggie.

–Adiós, señor Wetheral.

Corrí hasta el árbol, me escondí tras él y me acuclillé allí hasta que el corazón se me serenó.

–¡Ey! –Un susurro fuerte. Una–. ¿Ya se ha ido? –Emergió de entre el seto de espino. En esta ocasión, la sonrisa que presentaba su rostro era verdadera. Feliz y amplia y... morada.

Moras.

–Siento que se haya hecho tan tarde, Una. No he podido escaparme antes. Tenía que...

–¡No te preocupes! ¡No te preocupes! No te lo vas a creer. Hoy es el mejor día del mundo. Es mi padre... esos antibióticos han empezado a curarlo. Después de ¡solo un día! Le has salvado la vida, Maggie. Le has salvado la vida. –Me cogió con los dedos manchados de moras y empezó a darme vueltas. La bolsa de la comida voló en círculos con nosotras.

–¡Shhh! –dije entre risas–. ¡Shhh! ¡Nos van a oír!

–¿Y a que no adivinas qué más he descubierto? –me dijo.

–¿Una zarzamora?

Se detuvo en seco.

–¿Cómo lo has sabido?

Le tomé las manos moradas y se las coloqué con las palmas hacia arriba.

–¡Estás de moras hasta arriba!

La risa de Una era la risa más divertida del mundo. Una mezcla entre ronquido y graznido, ambas cosas a la vez. Me hizo reír también, solo de oírla.

–Oh, Maggie, tienes que venir y conocer a mi padre, venir y verlo con tus propios ojos. Ya habla y dice cosas coherentes y todo. Se va a poner bien gracias a ti. Ven conmigo a verlo.

Tiró de mí hacia el seto.

Yo me eché atrás.

–No puedo –le dije.

–No será mucho rato; no estamos lejos de aquí...

–No es por eso. Es por la frontera. No puedo traspasar la frontera.

–¿La frontera?

Ambas miramos al seto de espino.

–¿Te refieres a que no puedes pasar de aquí? –preguntó.

–Pues claro que no. Nadie puede.

–Nunca antes había estado en un pueblo con frontera. Fron-teeee-ra –pronunció lentamente. Como si fuera una nueva palabra que acabara de aprender–. Pero no hay nadie por aquí, ¿no? ¿Quién se va a enterar?

Yo.

Aunque ninguna persona me viera, aunque nadie me pillara, estaría todo el rato presente en mi cabeza y me perseguiría para siempre. Ya era bastante terrible haber robado los antibióticos. Traspasar la frontera era todavía peor.

–¿Y qué si alguien se entera? –dijo–. Tampoco es que hayas matado a nadie, ¿no? Vamos.

Me tiró del brazo.

Yo me resistí.

–A Frederick Parris lo encarcelaron por cruzar la frontera del cruce del Salto.

–¿Lo encarcelaron?

–Eso nos dijo Lindi. Lo pillaron y lo encerraron durante años y años y años, y cuando salió ya no volvió a hablar nunca más. Ni una palabra. Ahora lo único que hace es leer. A veces ayuda con las vacas. Pero jamás dice ni una sola cosa.

–¿Lo encerraron solo por salir de un pueblo?

–Por cruzar la frontera. Es peligroso. Pone en riesgo a todo Fennis Wick. Ahí fuera hay errantes..., esto... quiero decir que hay gente maligna.

Cállate Maggie, cállate.

Una esbozó una sonrisa morada.

–¿Te refieres a gente maligna como yo?

–No, no he querido decir eso, he...

–Es curioso, ¿no crees? Vosotros creéis que hay gente maligna fuera de vuestro pueblo y nosotros creemos que hay gente maligna dentro de él.

Pues sí que era curioso, visto así.

El asa de la bolsa me estaba apretando en las yemas de los dedos. Me la colgué en el hombro.

Una frunció el ceño mirando al seto.

–Mi padre me dijo que no me acercase demasiado a vuestro pueblo. «No sabemos cuántos son», eso me dijo, pero en ningún momento mencionó nada de fronteras. Y, entonces, ¿cómo sabes que este seto es una frontera? A mí me parece que tiene el mismo aspecto que cualquier otro seto viejo.

¿Cualquier otro seto viejo? ¿Estaba bromeando?

–Me refiero a que ¿cómo puedes saber cuál es la diferencia entre un seto que hace de frontera y uno normal?

–Bueno, porque lo dice la canción –repuse.

–¿La canción?

–Ya sabes. La canción de la frontera.

–¿La canción de la frontera?

–¿No conoces la canción de la frontera?

Me miró fijamente.

–¿Te estás quedando conmigo? –le dije–. Es la primera canción que aprende todo el mundo de pequeño. Devvy Chowdhry aprendió a cantarla antes de aprender a gatear. Es verdad que tardó en gatear, ojo.

–Bueno, pues bravo por Devvy Chowdhry. No me estoy quedando contigo. No la conozco. No soy de por aquí. No la he aprendido.

Imagínate que fuera cierto. Tú tampoco la conocerías, ¿no?, si no hubieras crecido aquí.

–Cántamela, Maggie, venga.

–¿Que la cante? ¿Yo sola?

Iba a parecer una auténtica chiflada cantando yo sola la canción de la frontera en medio del cementerio.

–Sí, va, tengo ganas de escucharla, por favor.

Lo decía en serio. De verdad tenía ganas.

–Bueno, vale. Dice así, eh... –Tomé aire–. «Hola, qué tal, querido compañero, ¿cómo estás esta mañana?».

Pero Una no pudo contenerse y estalló en carcajadas.

–No pares –dijo–. ¡Conozco la música! Es la melodía de *La canción de despedida.* Mi abuelo me la cantaba: «Llegado ya el momento de nuestra separación...» –cantó la letra–. ¿Lo ves? ¡Es igual! No pares, Maggie.

–Vale, vale, lo intento otra vez. –Tragué saliva–. «Hola, qué tal, querido compañero, ¿cómo estás?». Espera, ¿quieres que haga los gestos?

–¿Lleva gestos? Pues claro, sí, ¡quiero verlos!

–Vale, vale, tendrás que ser mi pareja, así que colócate ahí. –Dejé la bolsa de comida en la hierba, tomé a Una por los hombros y la coloqué frente a mí–. Tienes que imaginar que somos muchos y hemos formado dos círculos, uno dentro del otro. Ya verás, en un momento lo entenderás.

–¿Tú crees? –Una se colocó de pie con las manos a los lados, erguida y rígida. A mí me dio la risa otra vez. ¿Cómo podía ser que no supiera de qué iba todo aquello?

–¡Cántame la canción!

–Ya va, ya va. Lo primero que haremos es como una reverencia, así: «Hola, qué tal, querido compañero, ¿cómo estás esta mañana?». Luego, nos damos la mano: «Cantaremos todas las fronteras, nos daremos la mano y seguiremos».

–Vale, vale. –Una se sopló las manos y se las frotó como si se preparase para una recepción complicada–. Vamos a repetirlo, a ver si me sale.

Volvimos a hacernos una reverencia y nos dimos la mano. Después, repetimos la canción haciendo todos los gestos.

–«Hola, qué tal, querido compañero, ¿cómo estás esta mañana? Cantaremos todas las fronteras, nos daremos la mano y seguiremos. El extremo de los pantanos que llegan hasta el río, el molino y los campos de trigo os mantendrán en fila».

Simulamos que hundíamos los pies en ciénagas imaginarias chapoteando y balanceamos los brazos como si fueran trigo.

–«A lo largo del paseo Conker y hacia abajo hasta el cruce del Salto, sigue el seto de espino hasta pasar la iglesia».

Dimos el salto y formamos un triángulo con los brazos para representar la iglesia.

–«La cerca al pasar por la Vista Sur y que conduce a Disdale, allí traza una medialuna y todo estará bien».

Nos llevamos las manos a la frente en forma de visera como para protegernos del sol de la Vista Sur. Dibujamos una medialuna en el aire.

–«Te doy las gracias, querido compañero, por compartir las fronteras, pero ahora debo irme y dejarte, así que te deseo un buen día».

Nos estrechamos la mano y saltamos a un lado para encontrarnos con el siguiente compañero, que en ese caso no estaba porque nos encontrábamos solas.

Lo hicimos una y otra vez. Una dibujaba la iglesia con los brazos cuando la canción hablaba de protegerse del sol y movía los dedos cuando tenía que chapotear con los pies.

Me reí tanto que me dio flato.

–¡Para ya, para ya! ¡Me muero de dolor!

–Levanta la rodilla.

–¿Cómo?

–Que levantes la rodilla. Así. Para que se pase el flato. –Se apoyó sobre un pie y estrechó la otra pierna contra el pecho–. Es un remedio infalible. No falla. –Se puso a dar vueltas a la pata coja.

Yo levanté la rodilla y me caí.

Una soltó su carcajada medio ronquido medio graznido y también se cayó.

Nos quedamos tendidas sobre la hierba mirando al cielo.

Las nubes, sutiles como telarañas, surcaban el fondo azul.

–¿Cómo es ser errante? –le pregunté.

–¿Que cómo es? Pues normal. Es lo que he sido siempre. No hay fronteras.

Las nubes se desplazaron.

Despacio, despacio, despacio.

–¿Cómo es vivir en tu pueblo? –preguntó Una.

–Está bien.

Hay fronteras, eso sí.

Muchas.

Pero son para mantenernos a salvo, ¿verdad?

Nadie muere de hambre aunque no pueda salir a cazar.

Y todo el mundo tiene una casa decente donde vivir.

Cric, cric, cric.

Los grillos seguían cantando.

El sol me calentaba la cara.

–Podrías atravesar aunque fuera con la cabeza y los hombros –dijo Una.

–Atravesar con la cabeza y los hombros ¿el qué?

–El seto.

–¿Con la cabeza y los hombros?

–Sí, no es lo mismo eso que traspasarla del todo, ¿no?

Tenía razón. No era lo mismo eso que traspasarla del todo. No era para nada lo mismo.

* * *

El seto ya no parecía un seto. Parecía un muro de ladrillo.

–No puedo, Una. No puedo hacerlo.

–Claro que puedes. Es muy sencillo. A ese lado todo es igual que a este.

Volví la mirada atrás hacia Fennis Wick. Nadie podía verme a esa distancia. Resonó unas cuantas veces el golpeteo del martillo del señor Gebby.

Una retiró unas cuantas ramas espinosas. Se veía una hierba más brillante y más fresca.

–Es fácil, mira. –Introdujo la cabeza entre las ramas y luego volvió a sacarla–. Ahora te toca a ti.

Tenía la boca seca.

Apreté los puños.

Atravesé el muro de ladrillo; las manos, la cabeza, el cuello, los hombros. El espino se me enganchó a los brazos para no dejarme ir. Me arañó la piel.

Allí estaba yo. Al otro lado de la frontera. Más o menos. El aire olía a hierba y a manzanas rojas. Respiré hondo. El aire descendió por mi garganta, un soplo de allá afuera irrumpió en mis pulmones. Busqué con la mirada los manzanos, pero no estaban.

–¿Lo ves? –dijo Una–. Todo es igual.

Volví a tomar aire. Mi mente se embriagó con el verde, el rojo, el brillo y el frescor. La saqué del seto y, de vuelta en Fennis Wick, me dejé caer al suelo con el corazón acelerado.

–No, no es igual –dije riendo–. Es completamente diferente.

Una soltó su ronquido graznido.

Mi cabeza comenzó a serenarse.

–¿Una? –Me senté en la hierba delante de ella. El sol se estaba poniendo tras el seto.

–¿Dime?

–¿Y tu madre? ¿Tu madre también está en el granero?

Paró de reírse.

–No –contestó–. Murió cuando yo era pequeña.

¿Murió?

–Oh. Yo, eh..., lo siento, no...

–No pasa nada. Fue hace ya mucho tiempo. –Me miró a los ojos, pero en realidad no estaba enfocándome. Se imaginaba otra cosa, u otra persona, seguramente, y yo me había vuelto transparente.

–¿Cayó enferma? –le pregunté.

–No. Se acercó demasiado a un pueblo hostil.

–¿Un pueblo hostil?

–Algunos pueblos son amables. Comercian con nosotros, le dan algo de trabajo a mi padre de vez en cuando. Otros, en cambio, bueno, no quieren ni vernos. Incluso ahora. –La mirada de Una seguía perdida–. Llevábamos unos días sin comer, cuenta mi padre. Ella se marchó a escondidas mientras dormíamos para conseguir algo de comida. Sabía que mi padre no la habría dejado ir si hubiera estado despierto.

–¿Qué ocurrió?

Una se encogió de hombros.

–Jamás regresó. Sin más.

–Oh... Lo siento... Yo no...

–No te disculpes. No fue culpa tuya. –Su mandíbula se endureció–. La cuestión es que tienes que ir con cuidado por ahí cuando eres un errante. Y ella no lo tuvo.

Tiré de algunas hierbas.

–¿Te acuerdas mucho de ella?

Una volvió a encogerse de hombros.

–No recuerdo su aspecto, ni su voz, ni nada así. La recuerdo como una especie de sombra, que me cogía en brazos, que me dejaba en el suelo. Y una vez ahuyentando a un zorro que venía a por mí, eso creo que lo recuerdo. O puede ser que se lo oyera contar a mi abuelo. Sea como sea –esbozó una leve sonrisa–, está bien. A mi padre y a mí nos va bien así. Estamos bien. Sobre todo, ahora que tú nos estás ayudando.

Le devolví la sonrisa.

–Ey. –Me cogió la mano y me ayudó a levantarme–. ¿Vendrás mañana, Maggie? Ven, por favor.

Mañana. 5 de septiembre. El cumpleaños de Jed. Y todavía quedaban un millón de cosas que hacer para la fiesta. Mi madre no iba a dejarme salir de casa ni en broma.

–Mañana no puedo. Pero puedo venir el sábado, y el domingo también. Para tu cumpleaños.

–¡Mi cumpleaños! ¡Casi me olvido! Mi primer cumpleaños de verdad.

–Traeré tarta –le prometí.

VIERNES
5 DE SEPTIEMBRE

Capítulo 14

Las sábanas se me habían enrollado en las piernas.

Las desplegué y las aparté.

Tenía la piel húmeda y sudorosa.

Parpadeé.

Abrí los ojos del todo.

5 de septiembre.

El cumpleaños de Jed.

–¡Maggie! ¡Trig! –gritó mi madre por las escaleras–. Hoy os quedaréis en casa conmigo y no iréis a la escuela. Necesito que me ayudéis a preparar la fiesta.

Genial.

Todo un día preparando la fiesta de Jed. Porque es un mayor.

Era bueno. Era correcto. Era adecuado.

Jed es un mayor. Especial y valeroso.

Pasarme todo un día con los preparativos de su fiesta era lo correcto.

Pero ¿y si... pudiera hacer hoy lo que realmente deseaba?

¿Qué haría si realmente pudiera decidirlo yo?

Me iría a visitar a Una. Pasaría todo el día con ella, moviendo las orejas, y hablando, y cantando la canción de las fronteras.

Y metiendo la cabeza y los hombros en el seto.

Tal vez incluso me metería entera.

Me tendería sobre la hierba brillante y fresca, y contemplaría el cielo.

No lo haría.

Sería una estupidez.

Claro que no lo haría.

Los errantes eran mugrientos, malignos y mentirosos.

¡Si yo solo estaba pasando tiempo con Una para poder capturarla!

No. Iría a los campos de mariposas. Con papel. Una hoja de papel en blanco. Nueva y reluciente. Y lápices. Lápices de colores.

Eso es lo que haría.

Y pintaría vanesas de los cardos, mariposas pavo real, blanquitas de la col y más almirantes rojos, si tenía la fortuna de ver alguna.

Aunque sería más divertido si Una también viniera, claro.

Podríamos pintar juntas.

–¡Maggie! –mi madre otra vez–. ¿Sigues ahí arriba? Tenemos muchas cosas que hacer.

Salí de la cama. Levanté las persianas.

Me acerqué al espejo pequeño que tenía en la habitación para ejercitar un poco los movimientos de orejas. Todas esas cosas que debíamos hacer tendrían que esperar un poco.

* * *

Las cinco en punto. Me dolían los pies de no haberme sentado en todo el día. Me dolían las manos de batir huevos y amasar y machacar menta y estirar la masa. Me dolía la espalda de cargar sillas y mesas y montañas tambaleantes de platos. Me picaba la nariz de todas las linarias y las campanillas que habíamos arrancado, arreglado y colocado en floreros para las mesas.

No te preocupes, Maggie. Llegará un día en el que todos los demás correrán de aquí para allá atareados, y batirán y cargarán y les picará la nariz por ti.

Maggie, la cazadora de errantes.

Maggie, la heroína.

Me senté delante del Jed Real. El otro Jed, que acababa de llegar de la escuela, estaba levantando las servilletas para fisgonear en todos los platos la comida que habíamos preparado.

–¿Esto es...? ¡Sí! Es tarta dorada, mi favorita, ¿puedo coger un trozo?

No esperó la respuesta. Con una cuchara, levantó el trozo más grande y se llevó a la boca un acaramelado y crujiente bocado.

Yo me coloqué de lado y apoyé toda mi pesada cabeza en el brazo del sillón.

–Hoy ha sido un día genial en la escuela, Mags –me dijo con la boca llena–. Como dos de nosotros nos vamos mañana al campamento, no nos han hecho hacer tareas. Lo único que hemos hecho ha sido...

Se me cerraron los párpados. La voz de Jed se desvanecía y se desvirtuaba en mis oídos. Desaparecí en una mareante y profunda somnolencia roja...

Toc, toc, toc.

Mis ojos se abrieron.

–Deben de ser ya los primeros invitados –supuso mi padre desde la cocina–. Maggie, ve a abrir la puerta, ¿quieres? Y deja el pestillo sin echar.

* * *

Eran Elsie y el señor Wetheral. De todos los invitados, eran las personas que menos deseaba que se presentaran las primeras, y allí estaban. Me resultaba imposible mirar a Elsie sin pensar en el frasco robado de trellicilina.

–Hola, señor Wetheral, señora Weather. ¿Desean pasar?

–Buenas tardes, Maggie. Sentimos presentarnos tan temprano. –El señor Wetheral hizo pasar a Elsie–. A mi madre le gusta llegar a tiempo de tomar asiento y poder acomodarse.

Abrí más la puerta. Mis dedos recordaron el tacto duro y frío del frasco robado. Mi pierna recordó su forma en el interior del bolsillo de mis pantalones.

–Por aquí. –Les mostré el camino a la sala de estar–. ¿Les gustaría tomar algo? Tenemos cerveza casera hecha por mi padre y zumo de frambuesa.

Llegaron algunas personas más mientras yo preparaba las bebidas. La señora Zimmerman y su familia, algunos de los Parker y algunos Stanbury.

Llevé dos vasos de bebida de frambuesa al señor Wetheral y a Elsie. No podía mirarlos a los ojos, así que mantuve la mirada en el suelo todo el tiempo. Las rodillas de Elsie colgaban desde el borde de la silla. Exhibían grandes manchas marrones provocadas por el sol.

El señor Wetheral apuntaló el bastón para incorporarse y coger las bebidas. Una mano desnuda, la otra cubierta por un guante.

–Espléndido –dijo–. Espléndido.

–Bien, bueno. Ahora, si me disculpan, tengo cosas que debo...

–Espera un momento. –Le pasó un vaso a Elsie. Ella lo rodeó con las dos manos, como si fuera una taza de té caliente–. Quiero preguntarte algo, Maggie –anunció.

Ya estaba. Me habían pillado. Debían de haberse imaginado que había sido yo quien había robado los antibióticos. Se me hizo un nudo inmenso en la garganta, un nudo del tamaño y la forma de un pequeño frasco marrón de medicamento. Me lo tragué.

–Me estaba preguntando si te has parado a pensar qué te gustaría hacer cuando acabes la escuela.

¿Que qué pensaba hacer cuando acabara la escuela? ¿Y qué tenía que ver eso con todo lo demás?

Dio un sorbo a la bebida.

–Yo, eh..., no lo sé –respondí–. Queda mucho todavía. Supongo que trabajaré en los campos.

–¿Es eso lo que quieres hacer?

¿Lo que «quiero» hacer? Qué pregunta tan curiosa.

–Eso es lo que hace la mayoría de la gente, ¿no? –dije–. Si no eres un mayor...

Dio otro trago.

Me humedecí los labios secos.

–¿No te gustaría ser enfermera, como tu padre?

Miré a mi alrededor. Ni rastro de mi padre.

–Creo que hay pocas cosas que me gustarían menos que esa –dije–. Con todas esas personas enfermas... Pero no le digan que he dicho eso, por favor.

El señor Wetheral se inclinó hacia mí.

–Será nuestro secreto –me susurró–. Bueno, nuestro y de mi madre.

Elsie tenía los ojos cerrados. ¿Se había dormido? El vaso se le estaba ladeando entre las manos.

–Me estaba preguntando –prosiguió el señor Wetheral–, y, por favor, siéntete con la confianza de decir que no si no te apetece, pero me estaba preguntando si te gustaría ser mi aprendiz.

¿Su aprendiz?

¿Se podía ser aprendiz de un pintor de retratos? Había oído hablar de aprendices en la herrería del señor Gebby, o de aprendices de curtidores, pero ¿de retratista? Seguro que lo había entendido mal.

–¿Cómo ha dicho, señor Wetheral, ser su qué?

–Mi aprendiz. Te enseñaré a ser una artista del retrato. Podríamos empezar a trabajar los fundamentos mientras continúas formándote en la escuela.

–Pero yo...

–He visto tu trabajo, Maggie. –Posó el vaso en el suelo. Se rascó el dorso de la mano cubierta por el guante–. Le he pedido a la señora Zimmerman que me enseñara las obras de todos los niños de los cursos medios y superiores. He hecho mis averiguaciones.

–Pero yo no soy la mejor en arte, señor Wetheral. Susi D'Vere es mucho mejor que yo en...

–He mirado todos los trabajos. También los de Susi D'Vere. –Se colocó las manos en las rodillas–. Te he elegido a ti. ¿Es algo que te podría gustar?

–Eh, sí. Sí. Sí. Pero ¿está seguro?

–No tengo la menor sombra de duda, Maggie. No se trata solo de saber dibujar, pintar o sombrear, como comprenderás. Esas cosas se pueden aprender. Se trata de saber «mirar». Y tú, Maggie Cruise, tienes un buen ojo. Ves cosas. Eres, mmm... –Levantó la vista hacia el techo–. Especial. Sí. Esa es la palabra.

–¿Maggie? ¡Maggie! –mi padre me llamaba desde la cocina–. Necesito que me ayudes con la tarta.

Especial. El señor Wetheral creía que yo era especial. Me sudaban las palmas de las manos. Me las enjugué en los pantalones.

–Gracias, señor Wetheral. Pero no necesito pensarlo. Me gustaría ser su aprendiz. Me gustaría mucho.

–Bueno, me alegro de oír eso. –El señor Wetheral esbozó su habitual sonrisa torcida y volvió a sentarse en la silla–. Creo que vamos a llevarnos de maravilla.

–Ahora será mejor que vaya a ayudar a mi padre –dije.

La aprendiz del señor Wetheral. Ganarme la vida pintando retratos. Y no labrando el campo ni pastoreando el ganado.

Maggie Cruise: retratista.

Igual, después de todo, no se vivía tan mal en Fennis Wick.

–Ah, y Maggie –añadió el señor Wetheral.

–¿Sí?

–Gracias por la bebida. Está deliciosa.

* * *

Las paredes imploraban ante la muchedumbre reunida en casa. Las mesas crujían bajo las montañas de comida. Y el sudor resplandecía, resbalaba, apestaba. Las canciones tristealegres de los violines de las hermanas Rickard se entreveraban con las conversaciones y mariposeaban por los techos.

Todo el mundo estaba allí. El pueblo entero, prácticamente.

Ya no quedaba aire que se pudiera respirar en la casa, el único disponible era el de la nube formada por los alientos de todos los demás. Yo inspiraba bocanadas cada vez más grandes para intentar que me llegase algo de oxígeno a los pulmones.

«Maggie, ¿puedes llevar esto a...?».

«Maggie, ¿tienes un...?».

«Maggie, ¿podrías indicarme dónde está...?».

«Maggie, necesito que vengas a...».

Pero estaba bien.

Todo iba a ir bien.

Lo único que tenía que hacer era dejar que pasara aquella fiesta, despedir a Jed al día siguiente, y ya podría volver a reunirme con Una. Una, allá afuera, al otro lado de la frontera. Correteando con sus botas de agua casi rojas. Respirando el aire de los árboles, de la hierba más brillante y más fresca.

Y después de eso, cuando acabara la escuela, iba a ser la aprendiz del señor Wetheral. Una retratista.

¡Un momento! Si iba a convertirme en una artista de retratos, ¿seguía necesitando ser una cazadora de errantes?

¿No podía dejar las cosas como estaban? ¿Y seguir siendo la amiga secreta de Una?

Apilé unos cuantos platos vacíos de la sala de estar y me abrí paso con ellos hacia la cocina. Los zapatos se me quedaban pegados al suelo. Cuando acabase todo aquello, iba a haber mucho que limpiar.

Mamá y papá estaban junto a la puerta de atrás. Podía distinguirlos entre las cabezas y los hombros de la gente. Papá tenía el rostro hundido en el cuello de mamá, que lo rodeaba con los brazos.

Genial. Ellos ahí haciéndose arrumacos, que ya se encargaba Maggie la mediana de sacar adelante todo el trabajo.

Me abrí paso hasta la encimera y descargué la pila de platos. Volví a respirar hondo.

–¡Oh!

Trig chocó conmigo y me derramó en la pierna toda su bebida de frambuesa.

–¡Trig!

–Lo siento, Maggie, no ha sido culpa mía; alguien me ha empujado. No he podido evitarlo. Lo siento. –Miró en el interior del vaso y resopló–. Y ahora toda mi bebida ha caído al suelo.

Le cogí el vaso de la mano.

–Vamos.

Nos abrimos paso hasta las jarras y le serví otro vaso de zumo de frambuesa. Se lo bebió de un trago.

–¿Quieres ir fuera, Trig? Aquí ya no se puede respirar.

Nos adentramos en el trasiego de gente, lo atravesamos hasta el vestíbulo y salimos por la puerta principal. El aire seguía siendo denso y pesado, pero era mejor que dentro. La muchedumbre se extendía hasta la calle y continuaba carretera abajo. Unos niños pequeños se nos colaron entre las piernas.

–Vamos a buscar a Jed –dije.

Lo encontramos en el jardín del vecino. Lindi estaba caminando por encima del muro, el talón de un pie tras la punta del otro, talón, punta, talón. Llevaba en una mano un trozo mordisqueado de la tarta de remolacha de papá y ya no tenía el pañuelo en la cabeza. Su cabellera se balanceaba en brillantes tirabuzones por debajo de los hombros y los moratones de los ojos habían pasado del lila al amarillo.

–¡Ey, Jed! ¡Hola, Lindi!

Trig y yo trepamos al muro y nos sentamos con las piernas colgando.

Jed miraba a Lindi con un gesto ceñudo.

–Lo único que pregunto es si crees que es necesario que subas ahí ahora después de lo que pasó el sábado –le dijo–. ¿Qué pasa si te caes?

–Yo puedo hacer lo que me venga en gana, Jed Cruise. –Talón, punta, talón, punta–. Soy una de los mayores, por si no te habías dado cuenta. Igual que tú. Y los mayores podemos hacer todo aquello que se nos antoje en cada momento.

–Ya lo sé, sí, ya lo sé, pero pienso que...

–No pienses tanto, va. Deja de pensar y ven aquí a darme un beso. –Lindi se tambaleó un poco, como se balancea la hierba con la brisa–. ¡Bueno! ¿A qué esperas? Vamos. –Bajó de un salto y dejó la tarta sobre el muro.

Jed me miró. Yo apreté los labios y me los mordí por dentro.

–Deberíamos habernos besado hace mucho. Hemos perdido un montón de tiempo. –Se acercó a Jed.

–¿Te gusta la tarta de remolacha, Lindi? –Trig bajó de un brinco y se interpuso entre los dos–. Mi padre dice que le ha salido más rica que nunca. ¿No vas a comerte ese trozo? ¿Puedo comérmelo yo si no lo quieres?

–Quítate del medio, Trig. Estoy intentando besar a tu hermano. –Y apartó a Trig de un empujón.

–No lo empujes –mi voz fue más fuerte de lo que yo misma esperaba.

–¿Cómo? –Lindi estaba tan sorprendida como yo.

–No lo empujes. Crees que por ser de las mayores puedes hacer todo lo que quieras, pero no es así. No lo empujes.

–Dile a tu hermana mediana que cierre la boca, ¿quieres, Jed? Dile que vuelva a ser la niña modosita que ha sido siempre.

–Lindi, no. –Jed intentó alcanzarla con la mano, pero ella se resistió.

–¿No? Ya te lo he dicho, Jed, yo puedo hacer lo que me venga en gana y decir lo que quiera.

–No. –Salté del muro–. No puedes. Los mayores sois todos iguales. Solo porque nacisteis primero todo el mundo os considera especiales. Pues yo no. Yo ya no. Yo voy a ser igual de especial que vosotros. Voy a ser la aprendiz del señor Wetheral; me lo pidió hace un rato.

Lindi plantó su rostro delante del mío.

–Tú no sabes lo que dices, mediana. No tienes ni idea de lo fácil que lo has tenido.

¿Fácil?

«¿Fácil?».

Estiré el cuello para ser más alta. Todo lo alta que podía.

–¿Fácil? –dije–. Los mayores tenéis de todo: grandes fiestas, las mejores ropas, ganáis todos los premios, os lleváis el mérito de las cosas que han hecho otros y hasta os dedicamos cantos todos los días en la asamblea...

–¿Nos cambiarías el sitio, de verdad? ¿Preferirías ser de los mayores? Piénsalo bien antes de contestar, mediana. ¿Preferirías que a los catorce años te llevaran lejos de todas las personas que conoces? ¿Que te enviaran al campamento? ¿Que te entrenaran para la guerra, donde otros te matarán si no consigues matarlos tú primero? ¿Estarías dispuesta a cambiar tu posición de mediana a cambio de todo eso?

La guerra. Estaba hablando de la Guerra Silenciosa.

Nunca me había parado a pensar en la guerra.

Supongo que lo habría hecho... si hubiera sido la mayor.

–Y me importa un bledo lo que diga la alcaldesa –añadió con la nariz muy cerca de la mía y su aliento húmedo en mi rostro–, ni lo que digan nuestros padres, o nuestros tíos... Yo no conozco a nadie que haya regresado a casa de la guerra, ¿tú conoces a alguien?

¿Alguien que haya regresado a casa?

Bueno, hay... hay... No lo sé. No puedo pensar. No puedo hablar.

–Cambia tu posición de mediana por eso, ¿quieres?

Trig, al que podía ver por el rabillo del ojo, se apoyó en el muro y comenzó a dar saltitos. Jed intentó coger de nuevo la mano de Lindi. Ella quiso soltarse, pero él la retuvo. La rodeó con los brazos y la estrechó contra sí.

–Está bien, Lindi –le dijo–. Vamos a estar juntos. Yo estaré siempre contigo.

Y, delante de todos nosotros, a Lindi se le desencajó la cara y rompió a llorar.

–Vete, Maggie –dijo Jed.

–Pero, yo...

–He dicho que te vayas.

Llevó a Lindi hasta el muro, se deslizaron hasta el suelo y se quedaron hechos un ovillo. Lindi lloró sobre su hombro.

Trig se los quedó mirando.

–¡HOI! ¡HOI! ¡HOI! ¡HOI!

Eran los hermanos Parker, que se preparaban para hacer juegos de malabares.

Lindi seguía llorando.

Jed seguía abrazándola.

Trig seguía mirándolos.

–Vamos a ver los juegos de malabares, Trig. –Le tiré del brazo. Tenía los pies pegados al suelo–. Venga. –Lo arranqué de allí–. Vámonos.

* * *

Trig y yo nos abrimos paso hasta la primera fila. Los hermanos Parker estaban allí, dirigiendo los aplausos y los gritos de jaleo. Trig se unió, pero mis manos no aplaudían y mi boca no jaleaba. Lindi y Jed no se me iban de la mente, acuclillados junto al muro, sollozando y abrazándose.

«Te llevarán lejos de todas las personas que conoces».

Robbie Parker desapareció por la parte trasera y reapareció con dos hachas, una horca y una pala. Debía de haber asaltado el cobertizo de papá. Les lanzó la pala y las hachas a sus hermanos. Ellos las atraparon con un gesto de determinación y se separaron los unos de los otros ocupando ambos lados de la carretera. Todo el mundo dio un paso atrás. Ya habíamos visto hacer malabarismos a los hermanos Parker en otras ocasiones. Eran buenos, pero no tanto como ellos creían.

Las herramientas de jardín surcaban el aire crepuscular. El sol comenzaba a esconderse tras las casas.

«Otros te matarán si no consigues matarlos tú primero».

Escarpias, cuchillas y palas se elevaban hacia el cielo y descendían dando vueltas hasta las manos de los hermanos.

«¿Estarías dispuesta a cambiar tu posición de mediana a cambio de todo eso?».

El público los jaleaba y exclamaba «oooooh» y derramaba las bebidas y tiraba la comida.

«No tienes ni idea de lo fácil que lo has tenido».

Al rato, Grif se puso chulo. Se volvió a guiñarle el ojo a Hilary Sundae y la herramienta se le escapó. El público se dispersó como un grupo de palomas asustadas. La única persona que no se inmutó fue la alcaldesa Anderson. La horca había quedado clavada en el suelo, justo delante de ella, apenas a un palmo de distancia. Ella se mantuvo quieta, inmóvil, con las manos en las caderas.

Grif se quedó de piedra. Robbie se acercó. Cogió la horca del mango con determinación y la arrancó de la hierba. Le dijo algo a la alcaldesa y recogió las hachas y la pala.

El público se lamentó.

–¡Je-ed! ¡Je-ed! ¡Je-ed! –Neel acompañaba el grito con aplausos.

Lyle se unió.

–¡Je-ed! ¡Je-ed! ¡Je-ed!

Después, se sumaron todos los demás.

–¡Je-ed! ¡Je-ed! ¡Je-ed!

Lyle y Grif encontraron a Jed detrás del muro. Lo sacaron de allí y lo auparon. Él se resistió. «¡Dejadme en paz!», se le oyó gritar. Pero nadie lo escuchó, esa noche no.

–¡Je-ed! ¡Je-ed!

Robbie y Neel encontraron a Lindi y la sacaron de allí también.

Los levantaron hacia el cielo. Como si fueran ofrendas.

–¡Lin-di! ¡Lin-di! ¡Lin-di!

–¡¿Maggie?! –gritó Trig por encima de las voces de jaleo.

–¿Sí?

–¡Lin-di! ¡Lin-di! ¡Lin-di!

–¿Qué les pasaba antes a Jed y a Lindi? –preguntó–. Estaban muy raros, ¿no te parece, Maggie? ¿No te parece? ¿Por qué se han puesto así? ¿Por qué me empujó? ¿Por qué te dijo todas esas cosas?

–¡Je-ed! ¡Je-ed! ¡Je-ed!

–Estaban nerviosos, nada más –le mentí.

Jamás habría imaginado que los mayores tuvieran miedo a nada, y menos de ir al campamento. Pero Jed y Lindi estaban asustados. Muy asustados.

SÁBADO
6 DE SEPTIEMBRE

Capítulo 15

—Toma. –Jed se desabrochó el reloj de muñeca del abuelo Cruise–. No puedo llevármelo.

Me lo entregó. Me lo llevé a la oreja.

Tic. Tic. Tic. Tic. Tic. Una regularidad insuperable.

–Lo cuidaré –le dije– hasta que vuelvas.

Jed esbozó una de sus medias sonrisas.

–Trig, tú puedes quedarte con todo lo demás. –Abrió la puerta de su habitación–. Todo lo que quieras.

No le permitían llevarse gran cosa al campamento. Unas cuantas mudas y su farol. Nada más.

Trig no entró. Comenzó a tambalearse. Estaba a punto de empezar a dar saltitos.

–Pero trátalo todo bien, ¿eh? –Jed golpeó con el puño a Trig en el brazo. De broma–. O te vas a enterar cuando vuelva. –Pero no se rio. Ni siquiera sonrió.

No iba a volver. Ni para quedarse. Ni de visita. Para nada. No iba a volver más de lo que había vuelto Lil, la hermana de mamá.

Yo empecé a tambalearme también, igual que Trig.

Necesito salir de aquí. Tengo que irme.

Corrí escaleras abajo. Salí por la puerta de atrás al jardín. El aire era más espeso que nunca. El cuello de mi camiseta estaba empapado de sudor. Esperaba que Elsie tuviera razón. Dijo que el tiempo iba a cambiar. Tenía que llover. No podía continuar así.

Me abroché el reloj del abuelo Cruise en la muñeca y lo ajusté en el último agujero. Me quedaba grande, pero no llegaba a salirse. Acaricié la esfera lisa.

–Maggie. –Mi madre apareció en la puerta. Mi madre, la que me había estado mintiendo todo este tiempo. Haciéndome creer que Jed volvería a casa–. Maggie, ¿estás bi...?

–Déjame sola.

–Oh, Maggie, imagino lo mucho que...

–Me has mentido sobre el campamento.

Frunció el ceño.

–¿Mentido?

–Jed no va a volver a casa, ¿verdad? Jamás.

A mamá se le descompuso el rostro.

–Maggie...

–Me mentiste también con la tía Lil.

–Teníamos que hacerlo, Maggie. Es parte del edicto. Tenemos que guardar silencio sobre la guerra. Tenemos que cuidar a los mayores. Tenemos que asegurarnos de que...

–Y papá también. Habéis mentido los dos...

–¿Qué pasa? –Trig se coló por debajo del brazo de mamá y asomó la nariz–. ¿De qué está hablando Maggie, mamá? ¿De qué estás hablando, Maggie?

Mi madre me miró a los ojos. Los tenía anegados en lágrimas.

No se lo digas a Trig.

No se lo digas a Trig.

–Nada. –Froté la vieja correa magullada del reloj. Era suave al tacto de los dedos–. No hablo de nada.

Pasé junto a ellos y entré en casa.

–Solo queremos manteneros a salvo, Maggie. –Mamá estrechó a Trig contra sí–. A ti y a Trig.

Subí las escaleras a grandes zancadas y me encerré en la habitación.

Jed iba a pelear para mantenerme a salvo a mí.

No iba a regresar a casa jamás.

Y los errantes estaban allá fuera, y se mantenían junto a sus mayores.

¿Y yo qué estaba haciendo? ¿Maggie mediana?

Tontear en la frontera con una niña errante.

Cantar canciones. Mover las orejas. Robar comida.

Apreté el reloj del abuelo contra mi mejilla. Frío y suave.

Si lo conservaba siempre, jamás olvidaría a Jed.

* * *

La alcaldesa tenía el gramófono delante de la puerta de su casa. Lo sacaba siempre que alguien se marchaba al campamento. Lyle Parker lo sujetaba sobre el carrito y le daba a la manivela cuando se quedaba sin cuerda. Emitía chasquidos, se entrecortaba y propagaba una música chirriante por toda la plaza. Trig y yo nos tapamos las orejas. Mamá y papá nos cogieron de los hombros. Yo me retorcí para apartarles las manos. El resto del pueblo, grogui por el calor y la cerveza de la noche anterior, permanecía en silencio a nuestro alrededor.

Jed y Lindi salieron con la alcaldesa. Ambos llevaban un farol en una mano y una bolsa en la otra. La alcaldesa se hallaba entre ellos. Le hizo una señal a Lyle. Este sacó un calcetín viejo de debajo del gramófono y lo introdujo en la bocina para silenciar la música.

–¿Qué puedo decir de estos jóvenes y valientes mayores? –la voz de la alcaldesa se extendió por toda la plaza–. Nada quizá que no sepan ya, pero he estado hablando con sus padres y sus profesores...

La alcaldesa continuó. Habló de la vez que a Jed se le quedó la cabeza atascada en los barrotes de la barandilla del callejón de la Medialuna y el viejo Parker tuvo que ir a sacarlo con jabón. Y de cómo Lindi solía ir sentada en las rodillas de su padre en el tractor jugando a que conducía mientras él araba los campos de trigo.

Jed zarandeaba el farol contra su pierna. Lindi sostenía el suyo completamente inmóvil con una sonrisa fija en el rostro: labios cerrados, pómulos altos, pies juntos.

No quiero estar aquí. No quiero ver cómo se suben al *jeep* de la alcaldesa y se lo llevan.

Mi padre volvió a cogerme de los hombros. Mi madre estaba a su lado y estrechaba los de Trig. Yo me revolví hasta soltarme.

–Estos dos mayores serán un activo de incalculable valor en el campamento. –Algunos mechones del cabello de la alcaldesa Anderson se habían salido de la coleta como trozos de una cuerda vieja–. De manera que, antes de que partan hacia la gloria, os propongo que nos unamos en el canto matutino.

Todo el pueblo se levantó con rectitud y orgullo. Alzaron sus voces.

«Los mayores son héroes.
Los mayores son especiales.
Los mayores son valerosos.

Miserables aquellos que retengan a un mayor.
Y miserable también su familia.
Y, sobre todas las cosas,
miserables los errantes.

Que la paz reine en la Guerra Silenciosa,
que reine de verdad y para siempre».

De veras eran héroes. Y especiales. Y valerosos.

De pronto, el cántico se revelaba verdadero y acertado. Más verdadero y acertado de lo que se había revelado jamás. Era verdad y era acertado que yo fuera a pintar retratos de los mayores.

La alcaldesa le masculló algo a Neel Parker. Él se marchó por detrás de la casa.

Después de aquello, iría al cementerio.

A reunirme con Una.

«Malditos los errantes».

Seguiría adelante con el plan de entregarla. Era lo correcto. Toqué el reloj del abuelo Cruise, sus aristas curvadas y suaves.

Brum-rum-rum, brum-rum-rum. El ruido del *jeep* de la alcaldesa con un ahogado despertar a la vida. Apareció traqueteando tras la esquina, Neel ocupaba el asiento del conductor.

Jed le tendió la mano a Lindi. Ella la cogió y ambos subieron juntos.

El cuerpo se me fue hacia delante.

Mi padre me retuvo.

No te vayas, Jed. No te vayas.

Lyle sacó el calcetín de la bocina y le dio un fuerte impulso a la manivela. La música chirrió. Trig se tapó los oídos.

El rostro de Lindi –todavía pulcro, todavía formal, todavía amoratado– miraba por la ventanilla trasera. La señora Chowdhry estalló en gritos. La gente se arremolinó a su alrededor y trató de acallarla.

Papá me estrechó los hombros con más fuerza.

La música se extendió por los laterales de la plaza.

Neel salió del *jeep* y le abrió la puerta a la alcaldesa. Ella alzó la mano con solemnidad hacia nosotros y subió al vehículo.

Neel asestó un par de golpes en el techo del coche para indicar que podían partir. Plac, plac.

Brum, rum, rum, rum, rum. El tubo de escape arrojó una bocanada de humo negro. Al alejarse, Jed rodeó a Lindi con el brazo.

Estoy segura de que lo hizo.

Estoy segura.

Un murmullo recorrió la multitud, que comenzó a moverse y a dispersarse.

La señora Chowdhry sollozó.

Mamá tomó a Trig de la mano.

–Los mayores son héroes –dijo–. Vámonos a casa.

Yo me retorcí para soltarme de mi padre.

–Yo no voy.

Capítulo 16

Corrí.

Más deprisa y más deprisa y más deprisa.

Mi hermano acababa de irse y no iba a regresar.

Recorrí la calle de las Ranas.

Pasé las caravanas.

El estúpido de Jed. Me había vuelto loca con su valentía y su condición de especial y de mayor.

Los montículos de barro.

Campo a través.

Más deprisa y más deprisa.

Iba a echarlo tanto de menos que mi pecho estaba a punto de desgarrarse en dos de tanto dolor que sentía.

Hacia el cementerio.

Más deprisa y más deprisa.

Mi hermano se había ido.

No iba a regresar.

Tenía que averiguar dónde vivía Una. Tenía que conseguir pruebas.

Tenía que hacer algo. Lo que fuera.

Odiaba a los errantes.

«Malditos los errantes».

Odiaba a Una.

«Maldita Una».

Me desplomé al pie del árbol, junto a William Whittington. El sudor se me deslizaba por el pelo y por detrás de las orejas.

Traté de apretar la correa del reloj del abuelo Cruise. Las lágrimas caían sobre la esfera.

No se oía el martilleo del señor Gebby. Los parientes difuntos también guardaban silencio.

Solo los grillos continuaban cantando.

Esperé.

Y esperé.

Me tumbé sobre William Whittington y lloré a lágrima viva entre grandes y sonoros gemidos. Un sol bochornoso se coló a través de las hojas.

Esperé dos horas, ocho minutos y cuarenta y seis segundos.

El reloj del abuelo Cruise no miente. Es regular como un caballo de tiro.

* * *

–¡Ey! ¡Maggie! ¡Maggie! –era Una, trepando por el seto.

Se me habían secado las lágrimas. Los espasmos del pecho se habían detenido. Estaba calmada.

Actúa como si nada, Maggie. Como si nada.

–¿Estás bien? –me preguntó–. ¿Has estado llorando? Sí, has llorado. ¿Qué te pasa, Maggie? ¿Qué ha pasado?

–Nada –dije–. Estoy bien.

–No, no estás bien. Se te nota, Maggie. ¿Qué ha pasado?

–No es nada. –Pero las lágrimas comenzaron a inundarme los ojos de nuevo–. No lo entenderías.

–Ah, ¿no? Ponme a prueba. –Posó su trasero de errante mugrienta y mentirosa junto al mío.

–Mi hermano se ha ido. Eso es todo. –Una lágrima escapó por el extremo interior de mi ojo y descendió junto a mi nariz–. Tú no tienes hermanos. Así que no me entenderías. –Me alejé de ella para que nuestras piernas no se tocaran. Me puse a arrancar la hierba crecida para no tener que mirarla.

–Sí que tuve un hermano, así que lo entiendo. Bueno, más o menos.

Paré de arrancar la hierba. Levanté la mirada.

–¿Tenías un hermano?

–Sí. Se marchó al campamento. ¿Tu hermano se ha ido también allí? ¿Todavía lo hacen? Yo era un bebé cuando se marchó, así que no lo echo de menos. Bueno, al menos no como tú echas de menos al tuyo.

¿Tenía un hermano que había ido al campamento?

–¿Qué? –dije–. ¿Cómo?

–Felix, así se llamaba. Era mucho mayor que yo. Pero no creo que quieras escuchar esa historia en estos momentos, tal como te sientes ahora, Maggie.

Estaba mintiendo.

Tenía que estar mintiendo.

Los errantes no envían a los mayores al campamento.

–Te propongo una cosa –me dijo–. Traspasa la frontera, y traspásala del todo esta vez. Ven a conocer a mi padre. Eso no te devolverá a tu hermano, pero tenemos un depósito para filtrar agua y un fuego en un hoyo para calentarla. Esta vez he cavado un hoyo estupendo y apenas hay humo.

Puedo prepararte una taza de té. El té sienta muy bien cuando te encuentras mal. En especial, el que preparo como me enseñó mi abuelo. Vamos, Maggie, estarás de regreso en el seto de la frontera antes de que nadie se dé cuenta de que no estás.

Felix.

Campamento.

Mentiras.

Tenía la cabeza pesada y agotada y llena de lágrimas.

Pero tenía que ir. Averiguar dónde vivía. Conseguir pruebas.

Me llevé la parte inferior de la camiseta a los ojos y me los sequé. Me tragué el llanto.

–Vale, está bien. –Me forcé a esbozar una sonrisa–. Me encantará tomar una taza de té.

Capítulo 17

El seto de espino me arañaba por fuera y el corazón me palpitaba con violencia por dentro.

No hice caso ni a una cosa ni a otra.

Me abrí camino hasta el otro lado.

Maggie Cruise, la transgresora de fronteras.

La hierba más brillante, más fresca. El olor a crujientes manzanas rojas. Me temblaban las rodillas.

–Yo, eh..., yo... –las palabras se me agolpaban en la boca.

Nadie había salido jamás del pueblo. Nadie, excepto la alcaldesa. Y los mayores, claro, cuando partían hacia el campamento.

Supone un peligro para todo Fennis Wick.

Esto no era una buena idea.

–Creo que será mejor que regrese a casa. –Di un paso atrás. Tenía que haber otra manera de capturar a un errante.

–No puedes –dijo Una–. Ya has hecho lo más difícil. Vamos, es por aquí.

Se volvió hacia el bosque; después, otra vez hacia mí, y levantó el codo con gesto de ofrecimiento.

¿Quería que yo la cogiese del brazo?

¿Como hacen las amigas?

Nadie había querido jamás ir conmigo del brazo. Jamás.

–Vamos. –Y me hizo otra señal con el codo.

Deslicé mi brazo por dentro del suyo.

Una tenía la piel caliente por la mugre y el sol. Olía a árboles y a pelo sin lavar.

Volví la vista atrás, hacia Fennis Wick.

Nadie me había visto. Nadie lo sabía.

Caminé a su lado, a través de la hierba más brillante, más fresca.

Tal vez Una no era como los demás errantes.

Quiero decir que ella no podía haber matado a la familia del señor Wetheral. Era demasiado joven. Y, en todo caso, ella no habría hecho algo así. No lo habría hecho.

Puede que ella ni siquiera fuera maligna ni mentirosa. Y lo de mugrienta, bueno..., eso no era algo tan malo, ¿no?

Y si había perdido a su madre, y a su abuelo, y a su hermano, en fin, eso era terrible. Verdaderamente terrible.

–¿De verdad tuviste un hermano que fue al campamento? –le pregunté.

–Pues claro –respondió–. ¿Pensabas que te mentía? Yo nunca te he mentido, Maggie. Somos mejores amigas, ¿no?

«Mejores amigas».

Nunca había tenido una mejor amiga. Nunca en la vida.

Sus dientes separados dibujaron una sonrisa. La hierba larga me acariciaba las piernas.

Me estrechó el brazo entrelazado con el suyo.

«Mejores amigas».

Toqué la esfera del reloj del abuelo Cruise.

* * *

Al principio, el bosque solo constaba de algunos árboles dispersos, pero al poco se fue espesando tanto que tuvimos que soltarnos los brazos. Una correteaba como una liebre entre las ramas, los helechos y el musgo, a pesar de ir con botas de agua. Yo la seguía como podía, con torpeza, tratando de pisar donde ella pisaba. No había camino.

–¿Cómo recuerdas el camino? –le pregunté.

–Es sencillo. Sigo las marcas. Mira aquí, en este árbol. –Señaló unas marcas de tiza que había en el tronco de un árbol. Tres rayas inclinadas. Si no me las hubiera enseñado, yo jamás habría reparado en ellas–. Esto significa que hay que seguir en esa dirección, ¿lo ves? ¿Así? –Colocó la mano en el aire, debajo de las rayas, apuntando hacia arriba, con la palma hacia abajo, con la misma inclinación que las líneas–. Así que a casa se va por ahí.

–¿Has hecho tú esas marcas?

–Estas, sí.

Seguimos abriéndonos paso entre los árboles y la maleza cada vez más densa. Un petirrojo comenzó a cantar sobre nuestras cabezas, pero cerca del suelo las zarzas me arañaban las pantorrillas. Me detuve a limpiarme la sangre. Al menos, allí, bajo las ramas, se estaba más fresco.

Cada vez que Una veía una marca de tiza, me la señalaba.

–Mira. Ahí hay algunas marcas de otros errantes.

Volvían a ser tres líneas, pero la inferior era ondulada.

–Eso significa que por aquí cerca hay agua. Y esto –y señaló hacia el rectángulo de debajo de las líneas–, que hay un refugio. Así encontramos nosotros un lugar donde cobijarnos.

–¿Y están siempre ahí, esos símbolos?

–No siempre. La tiza se borra después de dos o tres días de lluvia.

Yo avanzaba dando tumbos entre las zarzas y los helechos.

–Mira, ya hemos llegado. –Una señaló a través de los árboles.

Y allí, alojado en un claro, se alzaba el pequeño granero.

* * *

El granero tenía en realidad solo dos paredes. Los otros dos laterales estaban abiertos, pero constaban de unos postes que ayudaban a sostener el tejado.

–¡Papá! ¡Papá! –Una entró corriendo y se columpió en un poste–. He traído una visita para que la conozcas. Es Maggie. La que nos dio la comida y los antibióticos.

Me quedé fuera esperando. Había tres tocones diseminados que parecían haberse utilizado como mesas o bancos de trabajo. Sobre ellos descansaban algunos objetos: cartucheras de cuero, una cuchara de palo, unas cuantas tazas, cuencos y algunos libros. Sobre uno de ellos había tres faroles alimentándose del sol.

Dentro del granero, se hallaban unos sacos de colores vivos colgados en las paredes: verde, azul y amarillo. Y en un rincón, un hatillo de mantas amontonadas.

Una cogió un bidón de plástico.

–Vamos a llenar el depósito, papá.

¿Con quién estaba hablando? Allí no había nadie.

–Vamos, Maggie –dijo.

–¿Mmmm? –El bulto de mantas se movió y de entre ellas emergió un rostro ceñudo y sombrío.

El señor Opal.

–Vamos al arroyo –dijo Una–. A rellenar el depósito.

–¿Qué ocurre? –Era una masa inmensa de pelo color herrumbre. Si mamá hubiera estado allí, habría sacado las tijeras antes de que nadie hubiera tenido tiempo de pronunciar la palabra «pelo».

–Maggie está aquí. Mi amiga. Te he hablado de ella. Ella nos dio la comida y los medicamentos.

El hombre se incorporó con un gesto brusco. Sacó un par de gafas de su maraña de pelo y se las ajustó. Me miró fijamente.

–¿No te dije que no trajeras a nadie aquí, Una?

–Solo ha venido a tomar el té. Su hermano se ha marchado. Pensé que sería...

–¡Fuera de aquí! –espetó el señor Opal dirigiéndose a mí y levantando consigo todas las mantas.

Yo comencé a retroceder hasta topar con un tocón.

–¡No, papá! ¡Tu pierna!

Volvió a tenderse en el suelo, estremeciéndose de dolor, cogiéndose el muslo, pero sin apartar la mirada de mí.

No debería haber venido. Este sí que es un verdadero errante. Mugriento y maligno. La alcaldesa Anderson tenía razón. Mucha razón.

–Señor Opal, lo lamento, yo...

–Este es un pueblo desconocido, Una. ¿No me escuchaste? Tienes que dar por supuesto que es hostil. –Volvió a levantarse, se puso medio de pie, comenzó a cojear. Se cogió la pierna y compuso una mueca de dolor.

–Pero ella es buena, papá. Es Maggie, es mi amiga, es nuestra amiga. Nos ha ayudado.

El señor Opal se dejó caer en el suelo, cogió un tenedor y me apuntó con él:

–Largo de aquí.

No debería haber venido.

No soy una heroína.

No soy de los mayores.

No soy valerosa.

Se me secó la boca.

El señor Opal, el padre de Una, él sí que era capaz de haber matado a la familia del señor Wetheral. Desde luego que sí.

Había puesto en peligro a todo Fennis Wick. A mi madre, a mi padre, a Trig; a todos.

–No puedes fiarte de ellos, Una. –Se acercó hacia mí dando saltos, aguantando la manta que llevaba enrollada con una mano y blandiendo el tenedor con la otra. Gemía de dolor.

Mantén la calma, Maggie.

Corres más que él.

–Tenía que confiar en alguien, papá. Estabas muy enfermo. No teníamos nada que comer. Nos salvó la vida. Nos salvó la vida a los dos.

–Aaaah. –Se tropezó con la manta, cayó al suelo, cerró los ojos con fuerza. Se apretó la pierna–. ¿Qué has hecho, Una? No deberías haberla traído hasta aquí.

Cogí algo que había sobre el tocón de árbol más cercano. Algo que estaba envuelto en una funda de cuero.

Una prueba.

Me lo metí por dentro del pantalón y lo cubrí con la camiseta.

–Pero..., papá, es mi amiga. Ella no va a contarle a nadie dónde estamos. Estoy segura. ¿A que no, Maggie?

Una tenía los ojos llenos de lágrimas. De lágrimas de verdad.

Di un paso atrás.

Y otro.

–¿A que no, Maggie, a que no?

Me di la vuelta y eché a correr.

Capítulo 18

Subí a toda velocidad las escaleras y me derrumbé en la cama.

–¿Maggie? –exclamó mi padre tras de mí–. ¿Eres tú? Estábamos muy preocupados por ti.

–¡Estoy bien! –contesté a gritos–. Estoy bien.

No estoy bien.

No.

Me palpitaban las costillas. Arriba-abajo-arriba-abajo-arriba-abajo.

Saqué el bulto de cuero de mis pantalones, lo giré sobre mis manos.

Una funda.

En un extremo había una solapa y todo el conjunto estaba enrollado con una cinta.

La desenrollé y abrí la solapa. Saqué un cuchillo.

Estaba muy usado. Mellado, deslustrado, sucio. Pero afilado.

El mango de madera tenía algo grabado. Lo acerqué a la luz. Finas antenas, grandes alas, intrincados dibujos. Mariposas. Pasé el dedo por encima. Los surcos discurrían serpenteantes bajo las yemas de mis dedos.

Ahora tenía una prueba.

Se la llevaría a la alcaldesa. En cuanto regresara del campamento.

Ella sabría qué hacer.

–¿Maggie?

Escondí el cuchillo debajo de la almohada. Lo metí como pude con la funda.

–¿Por qué no bajas, cariño? He sacado algo de comer. –Mi padre abrió la puerta, solo una pequeña rendija–. Unas sobras. He pensado que podríamos sentarnos todos juntos. Los cuatro, quiero decir.

–Sí –dije–. Vale.

Los cuatro.

Ya no éramos cinco.

El padre de Una jamás había enviado a nadie al campamento. Le había mentido. Ella le había creído, pero jamás había existido ese hermano mayor, ¿a que no?

Mentiroso.

Y yo había ido hasta allí y lo había hecho, sí. Había traspasado la frontera. Había entrado en contacto con un errante mugriento y maligno. Y ahora, tal vez, él iba a venir a por mí. O peor aún, tal vez iba a venir a por mi madre o a por mi padre o a por Trig.

Qué tonta, pero qué tonta... Maggie mediana.

La alcaldesa Anderson sabrá cómo actuar. Ella nos mantendrá a salvo.

Nos sentamos en la cocina. Trig, mamá, papá y yo, y un enorme hueco vacío en el lugar que debería haber ocupado Jed.

–¿No vais a comer nada? –preguntó mi padre.

Yo tenía la mirada perdida en el fiambre, los pasteles de tomate y la tarta de cumpleaños. El estómago vacío se me subió a la garganta.

–No tengo hambre, papá.

–Yo tampoco –dijo Trig.

–Ni yo –dijo mamá.

* * *

Seis en punto de la tarde. Salí de casa con el cuchillo enfundado escondido de nuevo en los pantalones. Con cada paso que daba, se me clavaba en el estómago.

–Hola, Maggie. –Era el señor Gebby, que iba hacia su casa.

No respondí. Mantuve la mirada clavada en el suelo. Lanzaba un pie adelante y luego el otro. Paso culpable tras paso culpable tras paso culpable. Todo el pueblo en peligro. Incluido el señor Gebby.

A esas horas tendría que haber empezado a refrescar, pero cada vez hacía más calor. El gato del señor Wetheral estaba tumbado a la sombra, justo al final de la calle de las Ranas. Una rana pasó a su lado y de un salto se puso a salvo en el sol.

Hasta las palomas estaban aletargadas por el calor. A medida que avanzaba por la plaza, ellas iban apartándose con sus torpes andares, y solo una de ellas se molestó en alzar el vuelo hasta el pie de Andrew Solsbury.

La casa de la alcaldesa se alzaba sobre mí. Llamé a la puerta.

Nadie contestó.

Me senté en el escalón de la entrada a esperar.

Unos bajos e inmensos nubarrones negros tapaban el sol. El aire bochornoso me envolvía. Mis rodillas sudorosas resbalaban una contra la otra y debajo de los brazos notaba la camiseta mojada.

Elsie tenía razón. Se estaba formando otra tormenta y ya estaba cerca. Todo iba a cambiar.

Capítulo 19

El aire se enturbió más aún cuando el *jeep* de la alcaldesa Anderson irrumpió en la plaza. Una ráfaga de viento se arremolinó alrededor de la estatua y diseminó las hojas. Me dio un escalofrío en los brazos, el primero en varios meses.

El *jeep* venía cargado de cajas en la baca. Pero en el asiento trasero ya no estaba Jed. Ni Lindi. Se habían ido. Se habían ido del todo.

La alcaldesa miró hacia donde estaba, entrecerrando los ojos para enfocar, y aparcó junto a la casa. Yo la seguí hasta allí.

Salió del coche, cerró la puerta de golpe y abrió el maletero. Lucía una camiseta de cuadros verdes, distinta de la que llevaba cuando se fue. El viento le levantaba el cabello y se lo arrojaba a la cara. Ella se apartó unos mechones de la boca.

–¿Todo en orden, Maggie?

Neel salió por la puerta trasera de la casa.

–¿Ha ido bien el viaje, alcaldesa? ¿Ha estado en la ciudad? –Desabrochó las cintas de la baca para liberar las cajas.

–No. –Me lanzó una mirada–. Hoy solo he ido al campamento. A la ciudad iré la semana que viene. ¿Maggie? ¿Estás bien? Tu hermano llegó sano y salvo, si es lo que has venido a preguntar.

–Ah, qué bien –respondí–, pero yo..., eh..., yo...

–Habla de una vez. No tengo todo el día. –Se frotó los brazos y levantó la mirada hacia el cielo–. Viento frío. –Se inclinó hacia el interior del coche. Le señaló unos cajones a Neel.

Tiene razón. Habla, Maggie. Habla ya.

–Yo..., eh..., he descubierto a unos errantes, alcaldesa Anderson. Los he descubierto y, bueno..., creo que he puesto en peligro a todo el pueblo.

Se detuvo a mirarme.

–¿Me estás diciendo, pequeña mediana, que has descubierto a unos errantes?

Neel y la alcaldesa intercambiaron una sonrisa de satisfacción. Él sacó una caja del maletero y la acarreó hasta la parte trasera de la casa.

La alcaldesa levantó el mentón.

–¿Y dónde los has localizado? ¿No habrás cruzado la frontera, verdad, señorita Cruise?

–¡No! No. Los conocí en el... eh... cementerio. Son una niña, se llama Una, y...

–Mira –me interrumpió–, yo sé lo que es ser de los del medio. Yo también fui una. Siempre inventando historias para llamar la atención.

¿La alcaldesa Anderson? ¿Mediana?

Imagino que sí que lo era, pensándolo bien.

–De modo que, si esto es una fantasía de esas, ¿podemos dejarlo ya? –Arrastró una caja por el maletero del coche–. Va a empezar a llover en cualquier momento y necesito llevar todo esto dentro. –Sacó algo de la caja. Plátanos. Plátanos de verdad. Cinco o seis, en un racimo. Como ganchos. Los olfateó y volvió a dejarlos dentro.

–No me lo estoy inventando, alcaldesa. Es cierto. La niña errante, Una, vino en busca de comida y ahora estoy preocupada porque...

–Estás en el medio, Maggie. –La alcaldesa me apartó para dejar paso a Neel.

Flash.

Un relámpago. La tormenta de Elsie. Por un segundo, el rostro de la alcaldesa se iluminó. Sus dientes amarillentos. Su piel membranosa.

–Tiene que hacer algo –le dije–. Conocí al padre, y él es mugriento, maligno y mentiroso. Creo que nuestro pueblo está en peligro.

En el cielo resonó el estallido de un trueno.

El viento volvió a arrojar la cabellera de la alcaldesa Anderson hacia su rostro. Se la apartó de los ojos.

–Mira, Maggie, de verdad que no tengo el...

–Puedo demostrar que he estado con ellos –insistí–. Mire.

Saqué del pliegue de mis pantalones la funda. Desenvolví el cuchillo.

Flash.

–Tiene mariposas en el mango. –Lo sostuve en alto–. No es de Fennis Wick. Se lo quité al padre de Una. Es un errante, uno de verdad.

Miró el cuchillo.

Un segundo trueno estalló sobre nuestras cabezas. Un grueso goterón cayó sobre la hoja del cuchillo. La limpié.

–¿De dónde lo has sacado? –preguntó.

Otra gota. Volví a limpiarla.

–Del hombre errante, ya se lo he dicho. ¿Qué pasará si viene el señor Opal..., si viene y empieza a prenderle fuego a todas nuestras casas?

Otra gota. Y otra. Y otra. Chocaron contra el metal.

Cogió el cuchillo. Acarició con el dedo el grabado de las mariposas, igual que había hecho yo. La lluvia caía cada vez con más fuerza en nuestras cabezas, en nuestros dedos, en la hoja del cuchillo.

Se quedó mirando al cuchillo. Le dio la vuelta.

–Jamás he visto nada como esto en Fennis Wick –sentenció.

–Porque no es de Fennis Wick. Se lo quité a los errantes, ya se lo he dicho.

El cielo se vino abajo.

La alcaldesa dio un cuarto de vuelta para que Neel no la viera. Él seguía descargando cajas como si no cayera ni una gota.

–¿Me estás diciendo que podrías llevarme al lugar donde están esos errantes? –me preguntó.

–¡Sí! –Me creía–. Puedo llevarla, sí que puedo. –La lluvia se me metió en los ojos–. Pero la niña, Una, no es como los errantes normales. Ella es buena. A ella puede dejarla tranquila. Su padre es el que es mugriento y maligno y mentiroso, así que en realidad solo debería...

–Silencio, Cruise. –Levantó un dedo y lo alzó frente a mi rostro–. Escúchame.

–Pero...

–Que-me-escuches. –Me miró fijamente, estaba diluviando–. Así es como lo vamos a hacer. Tú me ayudarás a encontrar a esos dos y yo no le diré a nadie que has estado en tratos con el enemigo, ¿entendido?

Noté un nudo en la garganta.

–¿Entendido, Cruise?

–Sí. De acuerdo. Sí, alcaldesa Anderson.

Introdujo el cuchillo en la funda y se lo guardó en el bolsillo trasero. El cabello le colgaba sobre el cuello en gruesos mechones empapados.

–Quiero que vayas ahora mismo a buscar a los muchachos Parker. A los tres, si los encuentras. Diles que la alcaldesa necesita su ayuda.

Otro relámpago lo iluminó todo.

Crucé la plaza a todo correr, atravesando los charcos y la lluvia que caía sin parar.

–¡Robbie! ¡Grif! ¡Lyle!

Sobre mí estalló el estruendo de un tercer trueno.

Capítulo 20

La lluvia había cesado. El cementerio estaba húmedo, goteando.

Grif se asomó por la parte más clara del seto. Emitió un largo silbido por lo bajo.

–Entraron por aquí, ¿verdad? No me digas más.

Lyle se llevó las manos a los bolsillos y asestó una patada al seto, salpicando de agua a Grif y Robbie.

–Eh, ve con cuidado.

–No seáis exagerados. Ya estamos calados hasta los huesos. Ahora no vamos a ponernos así por unas cuantas gotas más.

–¿Y dice que quiere que pasemos al otro lado, alcaldesa Anderson? –Robbie se frotó el labio superior.

–Eso es exactamente lo que quiero. ¿Por dónde dices que se va, Maggie?

–Por ahí –dije–. Por el bosque.

–¿Y hay unas marcas?

–Ajá. Unas marcas de tiza. Una me lo contó. Si es que la lluvia no las ha borrado. Son tres rayas así. –Alcé mi mano en alto–. Y quieren decir que tienes que ir hacia allá. Hay otras con las líneas onduladas cuando estás a punto de llegar. Significan que hay agua. Y también hay una con un rectángulo debajo. Esa indica que hay un refugio.

–¿Os ha quedado claro, muchachos? Hay que buscar unas marcas hechas con tiza. –La alcaldesa se recorrió los dientes con la lengua–. Lo has hecho muy bien, Maggie. Ahora puedes irte a casa.

Me pellizqué la piel del pulgar.

¿Qué estaría haciendo Una en esos momentos, en el granero?

¿Estaría rellenando el depósito? ¿Encendiendo un fuego?

Esperar la llegada de los hermanos Parker, seguro que no.

–¿Has oído lo que he dicho, Maggie? Ya puedes irte.

–Pero ¿dejará a Una en paz? –le pregunté–. Ella no ha hecho nada malo. Es una errante buena. Es su padre quien es peligroso.

Grif soltó una risotada.

–Una errante buena –dijo, y le dio un codazo a Lyle en el brazo.

–Vete a casa –dijo la alcaldesa–. El resto déjanoslo a nosotros. Vamos, muchachos, atravesad el seto.

Retrocedí unos cuantos pasos. El aire era más ligero que antes de la lluvia. Se respiraba mejor. Pero no se estaba tan bien como yo me había imaginado.

La alcaldesa y los hermanos Parker se abrieron paso a través del seto. La parte más clara quedó más abierta aún, de manera que yo alcanzaba a ver el otro lado incluso desde allí atrás. Se dirigieron hacia el bosque, dando grandes zancadas sobre la hierba más brillante y más fresca.

Acaricié con los dedos el reloj del abuelo Cruise.

Había hecho lo correcto. No tenía la menor duda. La alcaldesa estaba protegiendo Fennis Wick. Los errantes eran malos, salvo Una. Y a Una no iba a hacerle nada.

En uno de los lados de la esfera tenía una pequeña corona para darle cuerda y unas pequeñas hendiduras alrededor. Las recorrí con la uña.

Jed. ¿Qué estaría haciendo en ese momento? Su primera tarde en el campamento.

Esperaba que todavía estuviera con Lindi.

Pasé por debajo del árbol de Lindi, entre William Whittington y Georgina Millicent Cruise.

Los parientes difuntos guardaban silencio. Ni una palabra. Ni un susurro.

Tal vez las marcas de tiza no podían durar mucho. Tal vez no habían logrado sobrevivir a un aguacero como aquel.

DOMINGO
7 DE SEPTIEMBRE

Capítulo 21

Domingo. El cumpleaños inventado de Una.

Subí la persiana. Un día gris y nublado. El primero en mucho tiempo. Una lluvia fina golpeaba la ventana. Un escalofrío me recorrió los brazos. Otoño.

Le había dicho a Una que iría al cementerio. A hacer las cosas típicas que hace uno en un cumpleaños.

Me planté delante del espejo. Intenté mover las orejas. Nada.

Noté una punzada de dolor en el pecho. Una sabría que había sido yo la que había delatado a su padre. Ni siquiera sabía si le apetecería volver a verme.

Cogí mis pantalones cortos.

Hoy hacía demasiado frío.

* * *

Me senté en la tumba de William Whittington, y a mi lado dejé una bolsa con un buen pedazo de tarta de flor de saúco: el pastel de cumpleaños. También llevaba un plátano. La alcaldesa había pasado por mi casa esa misma mañana temprano a dejar algunos, cuando yo todavía estaba en la cama. Mamá me enseñó a pelarlos.

El viento acariciaba las ramas de los árboles, mecía las hojas. Eran los susurros de los viejos antepasados difuntos.

¿Estarían hablando de mí?

Caía una lluvia fina que empapó el abrigo, después el jersey. Caló la bolsa y dejó la tarta convertida en un amasijo mojado de flor de saúco.

Tirité bajo el aire de septiembre.

Una no se presentó.

LUNES
8 DE SEPTIEMBRE

Capítulo 22

«Buenos días, señora Zimmerman;
buenos días, señor Temple;
buenos días, señorita Conteh;
buenos días, señor Webster;
buenos días a TODOS».

–Se hace raro, ¿verdad? Estar aquí sin Jed y Lindi. ¿No te parece, Maggie? Se hace raro.

Trig me estaba hablando tan cerca del oído que me babeaba la oreja con los labios. Puaj. Lo aparté.

–Cabezas gachas para el cántico matutino. –La señora Zimmerman dio unas palmadas e inclinó la cabeza.

Yo cerré los ojos con fuerza. Me concentré en la letra.

«Los mayores son héroes.
Los mayores son especiales.
Los mayores son valerosos.

Miserables aquellos que retengan a un mayor.
Y miserable también su familia.
Y, sobre todas las cosas,
miserables los errantes.
Que la paz reine en la Guerra Silenciosa,
que reine de verdad y para siempre».

–Tengo un anuncio muy especial que hacer esta mañana. –Los pómulos de la señora Zimmerman se tensaron al dibujar una sonrisa–. La alcaldesa Anderson me ha informado en persona de que una alumna de nuestra escuela ha prestado un servicio ejemplar a la comunidad.

Levanté la vista.

–Esta avezada estudiante de la clase cuatro detectó la presencia de personas errantes cerca de la frontera del pueblo y se lo comunicó a la alcaldesa. Al hacerlo, ha protegido a nuestro pueblo y a nuestras familias de un posible y evidente peligro.

Yo. La señora Zimmerman estaba hablando de mí. Toda la escuela estaba mirando fijamente, escuchando. Nadie jugueteaba. Nadie bostezaba.

–La señora Anderson envió una patrulla a investigar. Rescataron a una niña errante de catorce años en un asentamiento y se encargaron de su padre.

¿Catorce?

¿Hablaban de Una?

–La niña errante está recibiendo buen trato y cuidados en casa de la alcaldesa y será trasladada al campamento lo antes posible.

¿Campamento?

¿Una? ¿Trasladada al campamento?

–De manera que, gracias a una alumna de nuestra escuela, gracias a una mediana, de hecho, esta niña errante tendrá la gloriosa oportunidad de servir a su país y nuestro pueblo volverá estar a salvo. –La señora Zimmerman sonrió de nuevo–. Nuestra alumna de la clase cuatro no solo ha ayudado a su comunidad, sino a todo el país. Es una niña muy especial, una mediana muy especial.

Por favor, que no diga mi nombre.

Por favor, que no lo diga.

–Así que voy a pedirle que se ponga de pie para que podamos dedicarle un fuerte aplauso. –No, por favor, no–. ¿Maggie Cruise? Veo que estás ahí, escondida junto a tu hermano. Venga, levántate.

Trig se quedó mirándome con la boca abierta de par en par.

–¡Levántate, Maggie! ¡Levanta!

Unas manos me zarandearon.

–¡Levanta! ¡Levanta!

La cabeza me daba vueltas. Apreté las manos contra el suelo de madera pulido por el señor Webster y me incorporé entre tambaleos.

Todos me aplaudieron.

Un mar de rostros con la vista alzada, celebrando a Maggie mediana.

Era exactamente lo que había soñado.

Era especial.

Era una heroína.

Una heroína solitaria y miserable. Que acababa de perder a la única mejor amiga que jamás había tenido.

Hundí la cara en las manos.

* * *

Al salir de la escuela, corrí a casa a cambiarme de ropa. Ni siquiera esperé a Trig. Y, acto seguido, fui a casa de la alcaldesa.

TOC-TOC-TOC-TOC-TOC.

Nadie abrió.

TOC-TOC-TOC-TOC-TOC.

Una tenía que estar allí. La señora Zimmerman había dicho que estaba allí. Necesitaba hablar con ella.

TOC-TOC-TOC-TOC-TOC.

Nadie abrió.

Retrocedí unos pasos hacia la plaza, levanté la vista hacia las ventanas. ¿Aquello era un movimiento, la sombra de alguien? ¿En la ventana de arriba del todo?

La ventana más alta del pueblo.

–¿Una? ¡Una! –grité–. ¡Una!

No.

Nada.

Nadie.

Caminé hasta el centro de la plaza. Me senté en los pies manchados por las palomas de Andrew Solsbury.

Si Una tenía catorce años, lo correcto era que fuera al campamento. Desde luego que sí. Su padre le había mentido con lo de su hermano. Una era de las mayores, y los mayores tenían que ir al campamento.

Era acertado.

Y correcto.

Y glorioso.

Pero yo quería verla, tenía que verla, al menos una última vez antes de que se fuera.

¿Y qué había pasado con su padre, el señor Opal? «Se habían encargado de él».

Se me revolvió el estómago.

«Se habían encargado de él». ¿Qué significaba? ¿Y si le habían hecho daño?

Seguro que no le habían hecho daño. Seguro que no.

Pero ¿y si se lo habían hecho? Una nunca me lo perdonaría. Jamás. Aunque él le hubiera mentido. Aunque fuera mugriento y maligno y mentiroso.

Me levanté. Abandoné la plaza, pasé por la calle de las Ranas, y de ahí todo recto por la huerta de Elsie.

–¿Quieres que te dé un pronóstico del tiempo, pequeña Cruise? La naturaleza no miente.

Seguí caminando.

* * *

El granero estaba destrozado. Habían arrancado los sacos de las paredes, y las tazas y los cuencos yacían hechos añicos por todas partes. La ropa y las mantas estaban esparcidas entre los árboles. Retazos de papeles hechos trizas y mojados salpicaban los helechos y volaban entre las ramas. Los faroles habían quedado rotos y tirados en al suelo y el depósito estaba aplastado, como si alguien hubiera saltado encima.

Todo destrozado.

¿Habían hecho los Parker todo aquello?

Cogí una prenda de ropa. Era una camiseta de niña. Debía de ser de Una. La doblé con cuidado. La coloqué sobre uno de los tocones. Después, recogí algunos de los papeles. Estaban impresos, arrancados de un libro. Había páginas por todas partes. No podía recogerlas todas.

Cogí una manta. Algunos objetos cayeron rodando al suelo: las gafas del señor Opal y un pequeño frasco marrón. La trellicilina. Todavía quedaba un poco. Me lo guardé en el bolsillo. Las gafas estaban rotas en dos, les faltaba una patilla. ¿Dónde estaba el señor Opal? ¿Cómo iba a ver sin ellas? Intenté arreglarlas, pero la bisagra se había partido.

Tal vez ya no importaba. Tal vez ya no las necesitaba. Si estaba...

–Aaaaay.

Me quedé petrificada.

–Aaaaay.

¿Había alguien allí? ¿Detrás del granero?

Escudriñé el suelo, tenía que haber algo por allí con lo que poder defenderme.

–Aaaaay.

Cogí una sartén. La alcé con las manos temblorosas. Fui rodeando el granero sin despegarme de la pared.

Nada.

–Aaaaay.

Los árboles.

La voz venía de los árboles.

Me arrastré hasta allí, con la sartén en alto.

Algo se movió entre los helechos mojados.

Me acerqué más.

Un rostro. Ensangrentado, apaleado, amoratado.

–¿Quién está ahí? ¿Quién eres? –preguntó con un hilo de voz.

–Soy yo, señor Opal. Soy Maggie.

Capítulo 23

¿Debía moverlo? ¿Dejarlo allí?

Ojalá Trig estuviera aquí. Trig sabría qué hacer. A él se le da bien todo lo que tiene que ver con primeros auxilios y cosas así.

–A... agua –pidió con voz ronca.

Agua. Claro.

Regresé corriendo al granero. Todavía quedaba algo de agua en el depósito aplastado. Encontré una taza en el suelo, serví el agua.

Le sostuve la taza junto a la boca mientras bebía a sorbos.

El agua le devolvió algo de vida. Me cogió la muñeca. Con fuerza. La taza se me cayó de la mano. El resto del agua se derramó en el suelo.

–Una –me dijo–. ¿Dónde está Una?

–En el pueblo. En casa de la alcaldesa.

–¿Está viva?

–Sí, sí, está viva.

Me soltó la muñeca y se desplomó sobre la tierra del bosque. Me froté la muñeca donde me había cogido.

El señor Opal se palpó la cabeza.

–¿Busca las gafas? Están en el granero. Espero.

Fui a por ellas. Le entregué los dos trozos.

–He intentado arreglarlas, señor Opal, pero...

–Eres una idiota. –Se las colocó en el rostro ensangrentado–. Eres muy pero que muy idiota. Tú les hablaste de nosotros.

Trató de levantarse, pero volvió a caerse. Las gafas se precipitaron al suelo.

Yo las recogí.

¿Qué debía hacer? No podía dejarlo allí bajo los árboles.

–Señor Opal –le dije–, aquí hay mucha humedad. Creo que será mejor que se traslade adentro.

Me permitió que lo ayudara. Logramos llegar hasta el granero, yo medio sosteniéndolo y él medio arrastrándose.

Lo recosté contra la pared del fondo. Él jadeó, resopló, tosió y lloró abatido por el dolor. Revisé los sacos que habían arrancado de las paredes, encontré una manta seca y lo envolví con ella.

–Tenga. –Saqué la trellicilina–. Debería tomarse una.

Le di una pastilla y vertí en la taza las últimas gotas de agua que quedaban en el depósito.

Se la tragó. Apoyó la cabeza en la pared.

–Debería haberla aleccionado mejor –dijo–. Debería haberme asegurado de que no se fiara de nadie.

Como yo. Estaba hablando de mí.

–Señor Opal, yo le dije a la alcaldesa Anderson que dejara tranquila a Una. Le aseguré que era una buena persona. Que ella no era como los otros errantes. Le dije que fuera solo a por...

Cállate, Maggie. Más vale que te calles.

–¿Solo a por mí? –Tosió. Se le descompuso el rostro.

–Usted es un errante –le dije–. Los errantes sois egoístas porque os quedáis con vuestros mayores. Sois malignos. Y mentirosos.

–¿Eres tú quien habla, Maggie? ¿O son palabras de la alcaldesa Anderson?

–Mi hermano se ha ido al campamento.

–¿Al campamento?

–Yo no podría estar más orgullosa –proseguí–. Se ha ido para protegernos, para protegerlo a usted. Y a mí me disgusta tanto como a usted la idea de que Una vaya al campamento, es la mejor amiga que he tenido jamás, pero lo correcto es que vaya, igual que ha ido mi hermano. Todos tenemos que enviar a los mayores, incluso los...

–¿Cómo? ¿De qué estás hablando? ¿Una, al campamento?

–La alcaldesa la va a llevar. Y... –Tomé aire. Tenía que decirlo–. Debería avergonzarse por no haberla enviado antes. Es un miserable.

–Pero si el campamento ni siquiera existe. –El señor Opal me miró con los ojos entrecerrados–. Ya no.

–«Miserables aquellos que retengan a un mayor».

–Oh, vamos, para ya de una vez con esa palabrería –la voz del señor Opal se extendió más allá de las paredes del granero y resonó en el bosque–. El campamento acabó hace años. ¿Adónde va a llevarse la alcaldesa a mi hija?

Mentiroso.

Maligno.

Palpó el suelo a su alrededor.

–¿Dónde están mis gafas? ¿Qué demonios has hecho con ellas?

Se las entregué.

Se las ajustó y entonces pudo mirarme ya sin entrecerrar los ojos.

–Bien, escúchame. Lamento mucho que tu hermano se haya ido adondequiera que se haya ido, pero no puedes permitir que se lleven a mi hija. No puedes permitir que lo hagan.

–«Todos ellos lucharán por el país y la glo...».

–¡Te he dicho que el campamento no existe! –elevó la voz más todavía.

–Me está engañando. –Me tapé los oídos e intenté levantar la voz tanto como él.

–Mira, mira, lo siento, ¿vale? –Alargó la mano con un gesto de calma y suavizó la voz–. Pero el campamento no... –Se sujetó las gafas–. Lo que quiero decir es... que yo ya envié al mayor de los míos al campamento.

–No le creo.

–El hermano mayor de Una fue al campamento hace muchos años. Una no es la mayor, así que, aunque todavía existiera el campamento, ella no tendría que ir.

–Ella jamás tuvo un hermano. Usted mintió a Una y ahora me está mintiendo a mí.

Soltó las gafas y se recostó sobre la pared.

–Eres una niña idiota. –Posó los brazos sobre el estómago con una mitad de las gafas rotas en cada mano, que subían y bajaban con cada una de sus respiraciones roncas y trabajosas–. Eres muy pero que muy idiota.

–Miente –dije, pero esta vez en susurros.

Mugriento.

Maligno.

Mentiroso.

Hizo un esfuerzo para tomar aire y se incorporó.

–Haz algo útil –dijo–. Hay cinta en uno de esos sacos. En el verde, ¿la ves?

Encontré el saco y saqué la cinta.

–Pega esta patilla a la montura, ¿quieres? Es lo menos que puedes hacer.

Cogí las gafas y las pegué. A un lado quedó un gurruño de cinta, pero se le aguantaban puestas sin que tuviera que sujetarlas.

–Ahora, ¿ves ese libro? –Señaló hacia las páginas onduladas y mojadas que había repartidas por todas partes–. Busca la portada.

–¿La portada?

–Vamos, Maggie. Date prisa. ¿Dices que eres amiga de Una? Pues bien, voy a demostrarte por qué no debería ir al campamento, o adondequiera que vayan a mandarla, y, si de verdad eres su amiga, me escucharás. Busca. La. Portada.

Escudriñé en el interior de los sacos medio vacíos, entre las tazas rotas, bajo la ropa rasgada.

La encontré a la vuelta del granero. Una cubierta rígida, que se hallaba abierta, con la portada en el suelo húmedo. *Los nuevos poetas*. No parecía corresponder a un libro nuevo. Parecía antigua. La limpié con mis pantalones.

–Bien. Vale. Ahora necesito mi cuchillo –dijo el señor Opal. Se arrastró por el suelo del granero buscando su cuchillo.

No iba a encontrarlo.

–¿Tiene unas mariposas grabadas en el mango?

–¿Cómo?

–Su cuchillo. Que si tiene unas mariposas en el mango.

–Sí. ¿Lo has visto?

–Lo cogí yo. Ayer, cuando estuve aquí. Ahora lo tiene la alcaldesa. Lo siento.

Resopló. Se rascó un lado del rostro. Se estremeció.

–Nos la jugaste pero bien jugada, ¿eh, Maggie? Desde luego que sí. El saco verde, el mismo que antes, ¿lo tienes? Ahí dentro debería haber una navaja, en el bolsillo interior. Si es que no se la has entregado a la alcaldesa, claro...

La navaja seguía allí. Se la pasé y él la abrió. Colocó la cubierta de cartón sobre sus rodillas.

Había cinta, como la que habíamos utilizado para arreglar las gafas, todo alrededor del interior de la portada. Utilizó la navaja para cortar tres lados, y entonces la introdujo por una esquina. Despegó una capa de papel y extrajo algo del interior.

Una fotografía.

El rostro de un muchacho sonreía en la superficie brillante. Tenía un gran hueco entre las dos paletas. El pelo exactamente del mismo color que la masa de bizcocho justo antes de hornearla.

El señor Opal sujetó la foto por los extremos con las manos cubiertas de barro y sangre.

–Felix –dijo, y las lágrimas se deslizaron por su rostro–. Mi hijo Felix. Fue al campamento. Al de verdad. Hace trece años.

Capítulo 24

—No entiendo. –Era todo mentira, ¿verdad? Toda esa historia de que Una tenía un hermano.

Pero el rostro de la fotografía me miraba con la misma sonrisa y los mismos dientes separados. Cómo se parecía a Una.

–No es difícil. –El señor Opal se enjugó la cara–. Yo tenía un hijo y él fue al campamento. Una nació unos meses antes de que él se fuera. Nunca llegó a conocerlo.

–Pero los errantes no envían a sus mayores al campamento. Lo dice la alcaldesa Anderson.

–Tienes que dejar de creerte todo lo que te dice esa alcaldesa, Maggie. Debes empezar a pensar por ti misma. –Y, al pronunciar esas palabras, se golpeteó la cabeza con sus dedos mugrientos–. Algunos errantes los enviaban y otros no.

–¿Enviaban? ¿A qué se refiere con «enviaban»? –pregunté.

–Era un asunto de libertad. Libertad para tomar la decisión que cada cual estimara conveniente. Sin tener a una alcaldesa engreída diciéndote todo el tiempo lo que puedes y no puedes hacer. ¿Comprendes?

No. En absoluto.

–¿Pero a qué se refería cuando ha dicho «enviaban»?

–¿Cómo? –El señor Opal miraba absorto la fotografía.

–«Algunos errantes los enviaban». Eso es lo que ha dicho. Así que ahora ya no lo hacen. Así que la alcaldesa tiene razón.

Se subió las gafas a la cabeza. Se frotó los ojos.

–¿Qué es lo que te ha contado esa alcaldesa tuya? ¿Que tu hermano se ha ido a librar la gloriosa lucha de la Guerra Silenciosa? ¿Para manteneros a salvo a los demás?

–Por supuesto. Es un héroe. Todos lo son.

Volvió a ajustarse las gafas en la nariz. Se le torcían hacia el costado de la cinta.

–Son unos héroes, es cierto, eso lo admito. Y hasta hace unos años eso era exactamente lo que hacían. Nos mantenían a salvo al luchar en la Guerra Silenciosa.

–El edicto de los mayores –dije.

–Exacto. Del bueno de Andrew Solsbury. Se llevó a todos los mayores a la guerra. Salvó el país cuando más necesitaba que lo salvaran. Una estatua de él en cada pueblo. Nos trajo a todos la paz y la felicidad, siempre que no tuvieras la mala suerte de ser de un primogénito. No podíamos permitirnos hospitales para ellos, ni sistema de correos, ni transporte de vuelta. Se los enviaba y fin de la historia. Adiós.

–Pero es bueno y valiente –repuse–. Y correcto.

–Tal vez lo fue durante un tiempo. –Posó la fotografía en la cubierta del libro–. Pásame ese depósito, ¿quieres? Voy a ver si consigo que recupere la forma.

–¿Qué quiere decir con eso? ¿Durante un tiempo?

Suspiró.

–Jamás debí acercarme tanto a este pueblo –dijo para sí.

–Dígame, señor Opal. ¿A qué se refiere? –Cogí el depósito y se lo di.

Lo apretó por los lados.

–Es lo que estoy tratando de hacer desde el principio, Maggie. El campamento ya no existe. La guerra se acabó. Terminó hace años.

¿La guerra se acabó? ¿De qué estaba hablando?

Giró el bidón de agua y lo apretó otra vez.

–Apuesto a que soy capaz de adivinar el juego al que está jugando tu alcaldesa. Ya lo he visto otras veces, en otros pueblos. Siempre en lugares medio desiertos y a muchos kilómetros de distancia de todo, como pasa aquí. Un puñado de oficiales corruptos que se resisten a dejar de aplicar el edicto de los mayores. Porque sacan una buena tajada, ¿comprendes? Y el resto del país está demasiado ocupado intentando sobrevivir como para percatarse.

Plop. El depósito recobró su forma.

Me estaba mintiendo. No era más que otra sucia patraña de un errante mentiroso.

–No es cierto –le dije–. Cantamos a la paz en las asambleas de la escuela. ¿Por qué íbamos a hacerlo si la guerra hubiera acabado? Y bajamos las persianas todas las noches, porque estamos en guerra. ¿Y por qué íbamos a enviar a los mayores si no fuera necesario?

Me tendió el depósito.

–¿Podrías ir a llenarlo? Hay un arroyo allí. –Señaló a través de los árboles.

–Son mentiras podridas todo eso que dice.

Clavó sus ojos en mí.

–Escúchame muy bien, Maggie. Tu alcaldesa, dime, ¿alguna vez viene cargada con cosas cuando regresa de dondequiera que vaya? ¿Cosas para el pueblo? ¿Cosas bonitas para ella? ¿Para sus amigos? ¿O incluso para todos vosotros?

Gas.

Gafas de sol.

Plátanos.

–A veces –admití.

–Me juego algo a que sí. Si continúa llevándose a los mayores, puede comerciar con ellos. Quizá en la ciudad, o quizá a través de algún intermediario. Luego los venden como mano de obra, o puede que los vendan a otros países. La alcaldesa tiene acceso a bienes que, de no ser así, jamás habría podido conseguir. Y se engaña a sí misma diciéndose que es correcto vender a los muchachos de catorce años porque de esa manera está proveyendo a su pueblo de gas y gasolina, de alimentos importados y de ropa nueva.

–No le creo. Me está mintiendo. La alcaldesa Anderson jamás haría una cosa así. Ella nos cuida. Usted es un errante mugriento y mentiroso. Apuesto algo a que incluso fue el que prendió fuego a la casa del señor Wetheral, ¿a que sí? Apuesto algo a que fue usted.

El señor Opal volvió a cogerme la muñeca.

–No sé de qué demonios estás hablando. Y tampoco sé quién es ese tal señor Wetheral. Pero de acuerdo. Cree lo que quieras sobre la guerra y sobre mí. No me importa. –Apretó los dedos–. Yo lo único que deseo, y que siempre he querido, es mantenerme alejado de toda esta locura y mantener a salvo a mi familia. Una es lo único que me queda. Es todo lo que tengo. Y, aunque todavía se estuviera librando una guerra, ella no es de los mayores. Y esta de aquí es la prueba. –Dio un golpe con el dedo en la fotografía–. Es una fotografía oficial de un mayor. Mira, aquí, en la esquina. Esta es la prueba de que mi hijo fue al campamento.

Había unas letras pequeñísimas justo en el borde de la fotografía.

–Ahí no se lee nada –dije–. Podría poner cualquier cosa.

–Pero no pone cualquier cosa. Es la prueba de que Felix fue al campamento. Necesito que cojas esta foto y se la enseñes a los pobres infelices de tu pueblo para que liberen a Una. Ella es todo lo que tengo. Iría yo personalmente, pero con la pierna así no puedo avanzar más de diez metros. Voy a confiar en ti, Maggie. Tienes que implicarte en esto, tienes que solucionarlo.

Me tendió la fotografía.

–Toma –dijo–. Si de verdad eres su amiga, llévate esto y tráeme a Una de vuelta. Cógela, Maggie. Por favor.

Me apretó la muñeca tan fuerte que perdí el equilibrio y caí.

Me soltó.

–Lo siento –se disculpó–. No pretendía...

Volví a ponerme en pie.

–No pasa nada. Voy a llenar esto.

Me adentré entre los árboles con el depósito y encontré el arroyo, veloz y ondulante. Sumergí el bidón y lo rellené. El agua discurría clara y fría, bordeando mis dedos.

Eran un montón de mentiras todo eso de que la guerra había acabado. Era imposible que la alcaldesa Anderson estuviera comerciando con nuestros mayores. Pero tal vez era cierto que Una tenía un hermano. Y, si era así, si de verdad no era la mayor, no debía ir al campamento.

Regresé y coloqué el bidón junto al señor Opal. Luego cogí la fotografía y la introduje bajo la cubierta de *Los nuevos poetas*. Así estaría a salvo en el camino.

El señor Opal tiritaba. Su rostro era una gran amalgama de lágrimas, suciedad, sangre y barba.

–Una me contó que soléis encender el fuego en un hoyo –dije–. ¿Quiere que se lo deje encendido antes de irme?

–No, ya lo haré yo. Tienes que darte prisa. Corre para llegar antes de que sea demasiado tarde.

Capítulo 25

Pac, pac, pac.

El pájaro carpintero repiqueteó en la puerta del señor Wetheral.

Pac, pac, pac.

Vamos. Vamos.

La puerta se abrió. El gato siamés salió disparado.

–Maggie. –El señor Wetheral esbozó su sonrisa torcida–. Qué delicia verte. ¿Estás bien? Pareces alterada.

–Señor Wetheral, necesito su ayuda. No puedo recurrir a nadie más. –Me volví a mirar atrás.

–¿Tienes miedo de algo, Maggie?

Sí. Tenía miedo.

La tonta de Maggie, la mediana. A la que todo le daba miedo.

Abrió más la puerta y se echó a un lado para dejarme pasar.

–Tal vez sea mejor que hablemos dentro.

* * *

–¿Madre? Ha venido Maggie. ¿Podrías prepararnos un té?

Seguí al señor Wetheral hasta la sala del fondo.

–Disculpa el desorden –dijo–. Querría decirte que no siempre es así, pero te mentiría. Me gusta vivir rodeado de todas mis cosas.

–No se preocupe, señor Wetheral, no me importa.

Me abrí paso por la habitación, desplacé una pila de libros hacia el fondo de una butaca y me senté en el borde del asiento. El señor Wetheral recogió unas cuantas tazas de la mesa de café, las colocó en la repisa de la chimenea y se sentó donde estaban.

–Bueno –dijo–, algo me dice que has venido a hablarme de los errantes. Has estado ayudándolos esta última semana. Llevándoles comida. Incluso, has estado allí, ¿verdad? Al otro lado del seto.

Si yo hubiera sido Trig, mi boca habría formado una gran «O».

Se rascó la mano del guante.

–¿Te importa que me quite el guante? Me pica mucho.

–No, en absoluto.

Se desenfundó el guante y se sopló el dorso. Tenía la piel tirante, agrietada, frágil.

–¿Cómo lo sabe? –pregunté.

Cerró los dedos en un puño y después los estiró.

–Primero te vio madre, allí en la frontera, hace como... una semana. Y después, yo también, el jueves por la tarde, ¿recuerdas? Y no creo que pensaras que los panecillos que horneó madre eran para ti, ¿no? Ella sabía que se los darías a los errantes.

–Tu té, pequeña Cruise. –Elsie irrumpió en la habitación con una taza de ondeante manzanilla.

Elsie Weather, de quien hasta ese mismo instante yo habría jurado que no se enteraba de la misa la media.

–Ya tenía el agua hirviendo –dijo.

–Ah, fantástico. –El señor Wetheral sonrió–. Y en el momento justo. Gracias, madre.

Cogí la taza por el borde superior y Elsie extrajo sus dedos huesudos del asa. Regresó a la cocina.

–Madre ve más de lo que puede parecer. Es otra de las que tienen buen ojo.

–¿Y por qué no dijeron nada? ¿Por qué no avisaron a la alcaldesa? Ustedes deben de odiar a los errantes. Mataron a su familia.

Elsie volvió a entrar con una segunda taza de té. Se la entregó al señor Wetheral. Después, se apoyó en el bastón y me miró.

–Ah, sí –el señor Wetheral suspiró–. Debo contarte algo. No fueron los errantes quienes prendieron fuego a mi casa, Maggie...

–Ah, ¿no? Pero...

–Ese fue un rumor que alguien hizo circular. Y a todo el mundo le interesó creérselo. –El señor Wetheral dio un sorbo al té.

Dejé descansar mi taza sobre el brazo de la butaca.

–¿Qué ocurrió?

El señor Wetheral le dedicó una sonrisa triste a su madre.

–Fue un accidente, podría decirse. Te lo contaré. Yo tenía dos hijas. Bella, la mayor, no era como vuestro Jed. Tampoco era como tú, ni como Lindi Chowdhry o Beth Goodman. No le llegó oxígeno suficiente cuando nació. Correteaba; iba a la escuela. Era un alma cándida y entrañable, pero no entendía, no como otros muchachos de catorce años. Necesitaba que... la cuidaran.

Elsie se pasó el bastón de una mano a otra.

El señor Wetheral dio otro sorbo a su infusión.

–¿Y qué ocurrió con el campamento? ¿Tuvo que ir igualmente? –pregunté.

–Bien, pues ahí fue donde empezaron los problemas. No podía permitir que se la llevaran. No podía consentirlo.

Elsie dio un suspiro tembloroso.

–Tengo que ir a vigilar una cosa a la cocina –dijo, y salió de la habitación.

El señor Wetheral esperó hasta que se hubo marchado.

–A madre no le gusta que le recuerden todo lo que ocurrió –me explicó–. Le duele demasiado, ¿sabes?

Probé mi té. Hoy no estaba tan mal. ¡Qué gesto tan amable por su parte!

–Pensábamos huir del pueblo, en secreto, los cuatro, bueno, y madre también, esa era mi esperanza. –El señor Wetheral rodeó la taza con las manos igual que había hecho Elsie con la bebida de frambuesas en la fiesta de Jed.

–¿Huir del pueblo? ¿Cruzar la frontera?

–Nuestro plan era salir en busca de unos errantes. Y ver si ellos nos ayudaban.

–¿Errantes? Pero los errantes son...

–Se decía que otras personas de Fennis Wick lo habían hecho algunos años antes. Una pareja con un solo hijo. El muchacho se marchó al campamento y seguir viviendo aquí después de eso se les hizo insoportable. Así que huyeron para convertirse en errantes, y se unieron con otros de pensamiento afín, otros que también renegaron del sistema de Andrew

Solsbury. Y parece que la jugada les salió bien, si lo que cuentan es cierto. No eran malas personas. No eran mugrientos, ni malignos ni mentirosos.

–Pero no se fueron. Continúan aquí, usted y la señora Weather.

–No. –El señor Wetheral dejó la taza a un lado–. A madre le daba miedo lo desconocido, ¿comprendes? Tenía miedo de los inviernos fríos y de la gente salvaje. Todos teníamos aprensiones, supongo. Pero ella se negó a marcharse, y veía tantas pegas que al final nosotros también empezamos a dudar, a temer por nuestras hijas y, bueno, yo me desanimé. No nos marchamos. Y lo que se me ocurrió fue intentar hacernos desaparecer a los cuatro la noche que Bella debía partir hacia el campamento. Encerré a todos en la casa. A Bella y su hermana pequeña Mia, a mi esposa Christie y a mí. Candé todas las puertas y tapié las ventanas. Por entonces vivíamos en otra casa, cerca de la frontera de la Vista Sur. A Christie le gustaban aquellas vistas que alcanzaban más allá de los confines del pueblo, ¿sabes? –El señor Wetheral miró por la ventana hacia el jardín inmenso y desparramado–. Era la hermana pequeña de la alcaldesa Anderson, no sé si lo sabías.

Asentí.

–Pero no se le parecía absolutamente en nada. –Se quedó absorto en la vista que había desde la ventana.

Dio un trago a la infusión.

–El caso... –dijo–, la cuestión es que yo había hecho acopio de comida y agua, y les había dicho que nadie podía salir ni entrar. Fue un disparate, en realidad, la sola idea de creer que funcionaría. Un gran grupo de gente del pueblo rodeó la casa, dispuestos a hacer cumplir el edicto de los mayores.

–«Apoyad a todos aquellos que apoyan el edicto y castigad a aquellos que no» –dije.

–Exacto.

–¿Y vinieron a castigarlo?

El señor Wetheral se frotó la frente.

–No lo creo. Lo único que querían era sacar de allí a Bella y enviarla al campamento. Ellos habían tenido que hacerlo con sus mayores, después de todo.

–Entonces, ¿cómo empezó el incendio?

–Bella encontró unas cerillas en un cajón. Así de sencillo. Estábamos a oscuras. Los faroles se nos habían gastado y no podíamos cargarlos. Ella quería ayudar. Pero las casas arden enseguida. Más rápido de lo que uno espera. Hice lo que pude para salvarlas, Maggie. –Al señor Wetheral se le quebró la voz–. Hice todo lo que pude.

Toda su familia. Muerta en el incendio.

–¿Y no había ningún errante?

Negó con la cabeza.

–Y, entonces, ¿por qué no le explicó usted a todo el mundo que no habían sido los errantes? Es injusto culparlos si no tuvieron nada que ver.

–Oh, lo intenté, Maggie. Lo repetí una y otra vez, una y otra vez. La culpa ha sido mía, les decía. Todo ha sido culpa mía. Pero, entonces, alguien lanzó el rumor. –El señor Wetheral sacó un pañuelo del bolsillo y se enjugó los ojos llorosos–. Siempre sospeché que había sido cosa de la alcaldesa Anderson.

–¿La alcaldesa Anderson?

–Necesitaba culpar a alguien por la muerte de su hermana, y al mismo tiempo quería evitar que la gente se fuera del pueblo. Culpando a los errantes conseguía ambas cosas, aunque no fuera cierto. No lo sé. Tal vez me equivoco. Seguramente. Pero, en todo caso, una vez que el rumor se extendió, nadie quiso ya escuchar otra versión.

–¿Por qué no?

–Yo no era el único que se sentía culpable por lo que pasó. Todas las personas que estaban fuera de la casa aquella noche... no me ayudaron. Ni una sola. Así que prefirieron culpar a los errantes en lugar de admitir que habían consentido que se quemara toda una familia. Y cuando la gente está dispuesta a creerse algo, poco puedes hacer.

–¿No le ayudaron? ¿No intentaron salvar a su familia?

Silencio.

No podía creerlo. Gente de Fennis Wick. Gente a la que probablemente yo conocía.

El señor Wetheral se frotó la mano quemada.

–¿Por qué sigue aquí, señor Wetheral? ¿Cómo puede vivir en el mismo pueblo que todos ellos?

Levantó la taza de té. Le dio un sorbo.

–Es difícil marcharse cuando te estás recuperando de quemaduras en más de medio cuerpo. Y más difícil aún cuando tienes una madre anciana a la que cuidar. Y luego, bueno, están mis niñas, por supuesto. No puedo abandonarlas.

Esas tumbas.

Esas tumbas siempre cuidadas y atendidas.

–¿Y quiénes fueron, quiénes eran los que estaban allí? Tiene que odiarlos, tiene que...

Negó con la cabeza otra vez.

–No importa quiénes eran. Tenían miedo, igual que yo. Miedo de la guerra. Miedo del lugar al que habían enviado a sus mayores. Y allí estaba yo, negándome a enviar a la mía.

–Pero usted no podía enviarla, señor Wetheral. No podía.

–Pero tampoco debería habernos encerrado a todos allí. Tendría que haber sido valiente, haber mostrado valor. Debería haber hecho lo más adecuado para Bella y haberme unido a los errantes.

Me apreté los dedos contra la frente. Me dolían los ojos.

–Lo siento, Maggie. –Volvió a posar la taza de té en la mesa–. Tenemos asuntos más urgentes que atender. Tus errantes, los del otro lado del seto. Dime cómo puedo ayudarte.

* * *

Le conté toda la historia del jersey de Trig. Le conté cómo había conocido a Una y cómo la había ayudado. Hasta le conté lo de los antibióticos.

–Ah, así que era ahí donde estaban... –dijo.

Le hablé de cuando conocí al señor Opal y pensé que tal vez había sido él uno de los errantes que habían matado a su familia, pero ahora ya sabía que aquello no era cierto.

Le conté lo mucho que había deseado ser una heroína y atrapar a unos errantes y que ya no sabía lo que estaba bien y lo que estaba mal, ni quién era bueno y quién era malo.

Y le conté que la alcaldesa Anderson iba a llevarse a Una al campamento y que el señor Opal decía que él ya había enviado a su hijo mayor al campamento y que en realidad aquel era el verdadero motivo por el que estaba allí: porque ya no sabía si era cierto o no.

Abrí la cubierta del libro y extraje la foto y allí estaba Felix, mirándome con la sonrisa de dientes separados por un hueco y el cabello amarillo. El hermano de Una.

–Bueno, me alegro de que hayas parado para respirar, Maggie –dijo el señor Wetheral–. ¿Puedo echarle un vistazo?

Le dio la vuelta. El dorso era blanco.

–Hay algo escrito en la esquina –le expliqué–. El señor Opal dice que eso demuestra que Felix fue al campamento. Pero es tan pequeño que no se lee.

Le dio la vuelta de nuevo y buscó en las esquinas con la mirada.

–Ajá. –Levantó un dedo para indicar una pausa. Dejó la foto en la mesa, cogió su bastón y se abrió paso hasta el otro extremo de la habitación. Revolvió en el interior de un cajón y sacó algo de allí. Algo envuelto en un paño.

Se sentó de nuevo, con la foto en las rodillas, y desenvolvió el paño.

Era un trozo de cristal, un círculo perfecto, enmarcado en madera. Un mango sobresalía de uno de los lados. Lo limpió con el propio paño, colocando el dedo pulgar arriba y el resto de los dedos debajo. Igual que hacía el abuelo Cruise cuando limpiaba sus lentes.

Lo sostuvo en el aire.

Arrugué el entrecejo.

–Es una lente de aumento. Echa un vistazo. –La pasó por encima de la fotografía.

El ojo izquierdo de Felix se volvió gigante. A medida que se deslizaba sobre el papel, todas las partes de su rostro se hacían inmensas, y, según se apartaba, volvían a encogerse.

–Vaya –exclamé.

–Mmm. –El señor Wetheral se detuvo sobre las letras de la esquina–. Si miras ahí, verás que el señor Opal tiene razón. Es una fotografía oficial de mayores. Solía haber muchas, pero ahora solo se hacen retratos pintados. Los equipos fotográficos se han vuelto difíciles de conseguir. Pero este muchacho, desde luego, fue al campamento.

Las letras se veían inmensas a través de la lente.

«Felix R. Opal, mayor con rumbo a la gloria.

M. M. Lombardo».

–¿Lo ves? El fotógrafo rotuló y firmó la imagen. Igual que hago yo con los retratos de los mayores.

Desplacé con suavidad la lente e intenté leer las letras directamente del papel.

–¿Cómo pudo el fotógrafo escribir así de pequeño?

–Oh, imagino que firmó una versión mucho más grande. El cliente debió de solicitar una copia reducida. Es fácil realizarla si dispones del equipo adecuado. Y un suministro de energía estable, claro.

–¿Sabe lo que esto significa? –Me dio un vuelco el corazón–. Significa que el señor Opal decía la verdad: Una no tiene que ir al campamento.

–Desde luego que no.

El señor Wetheral me entregó la foto. Yo volví a introducirla en *Los nuevos poetas* y me guardé la portada debajo del brazo para llevarla protegida.

Iba a rescatar a mi amiga.

Pero.

Pero. Pero. Pero. Si el señor Opal me había dicho la verdad sobre Felix, ¿qué pasaba con las otras cosas que me había contado? ¿Se había acabado la Guerra Silenciosa?

–¿Te encuentras bien, Maggie? –El señor Wetheral envolvió de nuevo la lente de aumento en el paño.

–Hay algo más. Otra cosa que me contó el señor Opal.

–¿Mmmm? ¿Y de qué se trata?

No.

La alcaldesa Anderson no comerciaría con nuestros mayores, ni nos mentiría acerca de la guerra.

No haría algo así.

Mi pecho martilleaba contra *Los nuevos poetas.* La tonta Maggie mediana. Aterrada otra vez.

–Nada –dije–. No es nada. Que tengo que llevarle esta foto a la alcaldesa ahora mismo, antes de que se lleve a Una al campamento. No quiero llegar cuando ya sea tarde.

–Ten cuidado con lo que dices, Maggie. –El señor Wetheral guardó la lente de aumento en el cajón–. Es mejor que no le digas a la alcaldesa Anderson que has cruzado la frontera.

–De acuerdo –dije con un hilo de voz.

El señor Wetheral me puso la mano en el hombro. Desnuda. Cálida.

–Está bien sentir miedo, ¿sabes? –Sonrió–. Ser valiente no significa no tener miedo. La verdadera valentía consiste en sentir miedo y, pese a ello, seguir adelante y hacer lo que uno tiene que hacer.

«Sentir miedo y, pese a ello, seguir adelante y hacer lo que uno tiene que hacer».

Como Jed y Lindi, al marcharse al campamento.

Capítulo 26

La alcaldesa Anderson abrió la puerta, el pelo suelto le llegaba a la altura de los hombros.

–¡Maggie Cruise! –Abrió los brazos de par en par–. La heroína del momento. ¿En qué puedo ayudarte?

Sé valiente, Maggie. Siente el miedo.

–Es Una –dije–, la niña errante. No es de los mayores.

–¿Ah, sí? ¡No me digas! –Se apoyó en el marco de la puerta.

–Sí. Tuvo un hermano. Mucho mayor que ella. Fue al campamento antes de que ella naciera, así que ella no tiene que ir.

La alcaldesa Anderson comenzó a repiquetear en el muslo con los dedos. Despacio. Un golpe cada vez. Meñique, anular, corazón, índice, pulgar. Uno, dos, tres, cuatro, cinco. Como si estuviera aprendiendo a tocar el piano.

–Tengo una prueba –dije.

–¿Una prueba?

Uno, dos, tres, cuatro, cinco. Uno, dos, tres, cuatro, cinco.

–Sí, mire. –Saqué la fotografía. Tal vez no iba a ser tan complicado como pensaba–. Este es Felix. El hermano de Una, ¿lo ve? Y aquí, en la esquina, figura la firma del fotógrafo. Es una fotografía oficial de mayor. El señor Wetheral lo ha comprobado con su lente de aumento.

Ella echó un vistazo.

–El señor Wetheral –dijo la alcaldesa Anderson– es ese mentecato chiflado con el que mi hermana fue tan tonta de casarse, y acabó muerta. –Cogió una goma de pelo que llevaba en la muñeca y se recogió el cabello en una coleta–. Es un cobarde y un soñador. Un buen retratista, te lo garantizo, pero no hagas caso a todo lo que dice. Después del incendio, empeoró todavía más.

¿Un mentecato chiflado? ¿El señor Wetheral?

¿Un cobarde?

–Pero, alcaldesa Anderson, si él...

–No hay peros que valgan, Cruise. Esta fotografía no significa nada. Y, por cierto, ¿de dónde la has sacado?

–Yo... eh... me la dio Una. Hace unos días. Sí que significa algo. Es una prueba. No puede llevarse a alguien a...

–¿Quién eres tú para decirme lo que puedo y no puedo hacer? –Apresó la parte superior de la fotografía y me la arrancó de entre los dedos–. Ni siquiera sabes si realmente es su hermano.

–Pero si son iguales. ¿Cómo no iba a serlo?

Apartó la fotografía de mi vista y me miró fijamente.

–Yo no veo el parecido –me dijo.

Después, rasgó a Felix en dos partes. Justo por la mitad.

–¡Pare!

Juntó los dos trozos, colocó uno encima del otro, y los rasgó de nuevo.

–Vete a casa, Maggie Cruise. Disfruta de tu condición de heroína durante unos días, dedícate a las tareas de la escuela y, cuando salgas, ve a hacer de aprendiz del viejo loco de Wetheral. Es eso o trabajar en el campo con tu madre.

Rasgó la fotografía otra vez. Ahora ya estaba rota en ocho pedazos. La fotografía del señor Opal. Esa que él había conservado con tanto mimo durante todos aquellos años.

Cerró la puerta de un portazo y se llevó consigo la fotografía.

Me llevé la mano a la boca.

Me quedé mirando fijamente la puerta.

Ni siquiera había examinado la foto como correspondía.

La había rasgado.

¿Por qué lo había hecho?

¿Por qué iba a enviar al campamento a alguien que no era un mayor?

Me volví.

La plaza ya no parecía la plaza. Los contornos se inclinaban hacia mí y los rincones se plegaban sobre sí mismos.

Andrew Solsbury se alzaba en el centro y lo miraba todo con desprecio.

Capítulo 27

Sacudí la cabeza. Me froté los ojos.

Una.

Corrí hacia el centro de la plaza y levanté la vista hacia la ventana más alta de la alcaldesa. Y allí estaba: ese movimiento otra vez.

Una.

Tenía que recuperar la fotografía. Volver a pegar los trozos. Si la alcaldesa no estaba dispuesta a escuchar, tendría que demostrarle a alguna otra persona que Una no era de los mayores.

Necesitaba la fotografía.

Rodeé la casa de la alcaldesa por un lateral, agachada. Me arrastré hasta la parte de atrás, me arrodillé sobre el suelo húmedo y me asomé al alféizar de una ventana. La habitación estaba vacía; solo había un escritorio y algunas estanterías.

Encontré la ventana entreabierta. Deslicé los dedos por la rendija, busqué a tientas el pomo interior. No podía alcanzarlo. Moví la mano. No me cabía entera. Empujé con más fuerza, me hizo un desgarrón en la piel.

Toqué el pomo con las yemas de los dedos. Empujé.

Clic.

Comprobé que no hubiera nadie mirando; luego, trepé y salté al interior.

* * *

La casa de la alcaldesa era exactamente el extremo opuesto a la del señor Wetheral.

Todo estaba ordenado, limpio, reluciente. Penny Parker, la madre de los hermanos Parker, acudía todos los días, cargada con plumeros y cepillos. Hacía bien su trabajo, sin duda.

Allí, debajo del escritorio, una papelera. La alcaldesa habría tirado los pedazos de la fotografía rota en una papelera, imaginé.

La abrí. Vacía del todo. Claro. No habría entrado allí única y exclusivamente para tirar algo a la papelera. Debía de estar en alguna otra papelera, en alguna otra parte de la casa.

Oí la puerta. Pasos. Me pegué a la pared. Lo cual era una tontería, en verdad, porque, si alguien entraba, me aplastaría.

Los pasos pasaron de largo.

Resoplé.

¿Qué eran aquellas cosas... en la estantería? Me acerqué a mirar. Eran pequeñas figurillas doradas. Mariposas. Brillantes y relucientes. Una fila entera, cada una de una variedad distinta. Cogí la de la izquierda. Pesaba más de lo que parecía. Una mariposa pavo real, creo. Con ojos en las puntas de las alas. Solo podía identificarla por el grabado porque no tenían ningún color; todas las mariposas eran completamente doradas. Miré una a una la de fila. Una lobito agreste, una mariposa de la ortiga, una morena serrana, una mariposa de los muros. Y en el extremo del todo de la derecha: una almirante rojo. Con sus rayas diagonales y sus grandes ojos en las alas.

Devolví la mariposa pavo real.

Recorrí el resto de la estantería con la mirada. Un momento. ¿Era eso el cuchillo del señor Opal? Eso del estante inferior. Lo cogí, desenrollé las cuerdas, abrí la solapa, recorrí el mango grabado con los dedos.

No sabía qué pasaría con las mariposas doradas, pero, desde luego, ese cuchillo no iba a quedárselo la alcaldesa. Lo guardé de nuevo y me lo coloqué por dentro de la cintura del pantalón. Después, lo tapé con la camiseta. Iba a devolvérselo al señor Opal, igual que iba a devolverle a Una.

Si el cuchillo estaba allí, tal vez la fotografía también estuviera. Quizá no había querido deshacerse de ella.

Abrí el cajón superior del escritorio.

Había una pila de papeles. Los saqué, me acomodé en la silla. Era una de esas que giran. El papá de Lindi tenía una igual. Di unas cuantas vueltas, después me detuve. Cogí la primera hoja de papel. Hablaba de unidades y plátanos. Tenía puesta la fecha del sábado, 6 de septiembre.

La segunda hoja era todo párrafos y párrafos escritos. La tercera, igual. Pasé las hojas. Entre la tercera y la cuarta, había una fotografía. No la de Felix. Era un grupo de personas sentadas a una mesa larga. Seis personas. Celebrando. Como si fuera el cumpleaños de un mayor, solo que mejor todavía. Había mucha comida, comida poco común, muy colorida. Plátanos y también otras frutas. Y algo que yo solo había visto en un libro: una piña. Me acordaba porque en Fennis Wick teníamos piñas, pero de las de los pinos, que no se comen. Pero no teníamos nada que se pareciera, ni por asomo, al fruto de la piña.

Examiné a las personas que salían en la foto: lucían vestimentas brillantes, como las lentejuelas del diario de verano de Lindi.

¡Espera! ¡Pero si era la alcaldesa Anderson! Era ella, sin duda. Estaba levantando una copa de una bebida pálida y amarillenta hacia el fotógrafo. ¡Chinchín!

¿Era eso lo que hacía la alcaldesa Anderson cuando se marchaba, cuando se llevaba a nuestros mayores al campamento, cuando se iba de viaje a la ciudad? ¿Se dedicaba a comer bien, a beber vino y a lucir ropa brillante?

Tiene que ser cara; esa comida, esa ropa. Incluso, encargar una fotografía. El equipo fotográfico no era fácil de conseguir. Me lo había dicho el señor Wetheral.

¿Cómo lo habían logrado aquellas personas?

«Un puñado de oficiales corruptos que se resisten a dejar de aplicar el edicto de los mayores. Porque sacan una buena tajada, ¿comprendes?».

Las palabras del señor Opal resonaron en mi cabeza.

«Bienes que, de no ser así, jamás habría podido conseguir».

Cogí la foto. Me la guardé en el bolsillo trasero. Después, leí la siguiente hoja.

En la parte izquierda de la página podía leerse:

Jueves, 28 de agosto

1 unidad

Una unidad. ¿Podía tratarse de una persona? ¿Un mayor? Deb Merino se marchó al campamento el 28 de agosto; era el cumpleaños de mi madre. Nos tomamos la tarta de erizo al llegar a casa.

Y en el lado derecho decía:

200 × gas (19 kg)

Las bombonas de gas.

Se me encogió el estómago. ¿Había vendido la alcaldesa Anderson a Deb Merino a cambio de aquellas bombonas azules de gas?

Retrocedí hasta la primera página.

Sábado, 6 de septiembre

2 unidades

Jed y Lindi.

8 cajas de plátanos

Una figurilla, una almirante rojo, oro 18 quil.

Textiles varios

Las diminutas mariposas de oro. Figurillas. La almirante rojo, la última aportación a la colección de la alcaldesa Anderson.

Había vendido a Lindi y a mi hermano por ocho cajas de plátanos, una mariposa de oro inerte y un puñado de prendas de ropa.

El señor Opal no me había mentido. La guerra había acabado. Estaban comerciando con nuestros mayores. Por unos cuantos objetos que ni siquiera necesitábamos.

Me recosté en la silla. Aquella verdad me pesaba en la cabeza. La silla se giró despacio.

Y allí, detrás de mí, estaba la alcaldesa Anderson.

Capítulo 28

Me levanté de un salto y me dirigí hacia la ventana.

Lyle Parker. Miraba hacia dentro. Con el rostro pegado al cristal.

–Oh, Cruise. –La alcaldesa sacudió la cabeza–. ¿Por qué has tenido que estropearlo todo así? Con lo bien que pintaban las cosas para ti.

Miré los papeles de reojo. Tal vez no había visto qué era lo que estaba leyendo.

–Yo... yo solo quería... encontrar la foto que rompió, la del hermano de Una. Nada más. La foto no le pertenece, alcaldesa. Pertenece a Una y a su padre.

–¿Una fotografía? No tengo ni idea de qué estás hablando.

Mugrienta.

Maligna.

Mentirosa.

Cogió el taco de papeles del escritorio. Echó un vistazo a las primeras hojas.

–Te crees muy lista, ¿no, Cruise? Crees que puedes juzgarme.

–No es correcto –no me salió más que un hilo de voz.

–¿Cómo dices? Sube la voz, niña.

–No es correcto lo que está haciendo, eso de comerciar con los mayores –en esa ocasión, hablé más alto–. La guerra ha acabado, ¿verdad? Nos ha estado mintiendo.

Abrió el cajón del escritorio y arrojó los papeles en su interior.

–No tienes ni idea de lo que estás diciendo. El único motivo por el que la mitad de la gente de este pueblo sigue viva soy yo. Yo he puesto en marcha un sistema que nos permite continuar recibiendo suministros esenciales, tanto en los buenos tiempos como en los malos.

–¿Suministros esenciales? ¿Plátanos y figurillas?

–Yo os mantengo a salvo, Cruise. Tenéis combustible para cuando se os rompen los generadores y ropa para que permanezcáis calientes.

–Yo preferiría arriesgarme a morir de frío antes que vender a mi hermano.

–Tú has perdido a una persona, Cruise. Solo a una. ¿Sabes a cuántas he perdido yo? A mis dos hermanas, a mi preciosa hija... y luego a mi madre. ¿Sabes de qué murió? De frío. Nadie debería morir de frío, no en el siglo XXI. Y me prometí a mí misma que no volvería a pasar. No en nuestro pueblo. No mientras yo estuviera al mando.

–Su hija partió hace años, cuando se estaba librando una guerra. Usted ha enviado a mi hermano lejos de aquí a cambio de plátanos. De plátanos y figurillas. No creo que eso nos ayude a calentarnos en invierno.

–Y ropa. Ropa de abrigo que entregaré a todas las personas que lo necesiten. He cumplido mi promesa. He mantenido a todo el mundo abrigado durante todos los inviernos. –La alcaldesa Anderson se apretó la cara con las manos–. Todos y cada uno de los inviernos –repitió.

¿Ropa de abrigo? Apreté los puños.

–¿Cree que alguien querría ponerse esas ropas que trae o utilizar su gas si supieran cómo los ha conseguido?

La alcaldesa Anderson suspiró.

–Nadie va a enterarse, Cruise. El allanamiento de morada es un delito grave. ¿Grif? –llamó hacia el pasillo.

Grif Parker entró en la estancia.

–Lleva a la muchacha Cruise arriba y enciérrala con la otra.

Grif me cogió por los hombros con mucha fuerza.

–Vamos –farfulló. Apestaba a cerveza.

Me condujo por los hombros a lo largo de cuatro tramos de escalera. Arriba del todo había un estrecho rellano. Neel estaba sentado delante de una puerta cerrada, hurgándose entre los dientes.

–Te traigo otra más que vigilar –anunció Grif.

Neel abrió la puerta y me arrojó al interior.

* * *

Era una estancia alargada y diáfana, con paredes bajas y techos inclinados. Había un viejo sofá raído y una alfombra fina en el suelo. La luz penetraba por una claraboya. La única ventana aparte de aquella estaba en el extremo y era la que daba a la plaza, la ventana más alta del pueblo.

Una.

¿Dónde estaba?

Miré por la ventana.

Toda la parte sur del pueblo se extendía a mis pies. Las caravanas, las parcelas, la calle de las Ranas, los tejados de las casas. Sentí que la cabeza me daba vueltas y mis dedos se aferraron al marco de la ventana. Jamás había estado a tanta altura.

La señora Gebby, en la puerta de la lavandería.

–¡Señora Gebby! ¡Señora Gebby! –grité aporreando el cristal.

Desde allí no me oía. ¿Y si abría la ventana?

Solo de pensarlo, se me revolvió el estómago.

Siente el miedo, Maggie. Siente el miedo.

Cogí la ventana, intenté levantarla.

No se movía.

Me cambié de posición, adopté un mejor ángulo, tiré de nuevo.

Estaba bloqueada.

–¡Señora Gebby! ¡Señora Gebby!

¿Qué era eso? Un sonido, en el sofá.

–¿Una? ¿Una? ¿Estás aquí?

Me asomé por el respaldo del sofá y allí estaba. Acurrucada, de lado. Igual que su padre en el bosque. El pelo le cubría la cara.

–¡Una! –me arrodillé a su lado–. ¿Estás bien?

Volvió la cabeza. Tenía los ojos hinchados de llorar.

–Fuera de aquí –dijo.

–¿Cómo? No, puedo ayudarte, puedo...

–No quiero tu ayuda. Te odio, Maggie. Te odio.

–Pero, Una...

–¿Es que no me has oído? Te odio. Eres la peor persona que he conocido en toda mi vida. Nunca acababa de creer a mi padre cuando me decía que estábamos rodeados de gente malvada, pero ahora sé que es cierto. Fuera de aquí. Déjame en paz.

–Yo no pretendía...

–¡Fuera!

Me levanté. Retrocedí.

Me miré las manos, manchadas todavía con la sangre de su padre.

Tenía razón. Yo era mugrienta, maligna, mentirosa.

Igual que la alcaldesa Anderson.

Me senté. Una estaba allí, justo detrás de mí. Solo nos separaba el respaldo del sofá.

Me acurruqué, como ella. Con las rodillas en el pecho.

Un sollozo brotó de mi interior y emergió. Y luego otro. Y otro. Y otro.

Me cubrí los ojos con las manos, que se me inundaron de lágrimas.

Capítulo 29

Clanc.

Alguien abrió el pestillo.

Abrí los ojos. Oscuridad. Era casi de noche.

La luz tenue de un farol recién encendido surcó el techo ondulante.

–¡Errante! Levanta. Es hora de irse.

La alcaldesa Anderson.

Robbie se hallaba detrás de ella en el umbral de la puerta y su farol le iluminaba el rostro.

–¿Hora de ir adónde? –pregunté yo.

La alcaldesa alzó el farol a la altura del brazo.

–¿Dónde crees, Cruise?

–¿Piensa llevarse a Una ahora? ¿En mitad de la noche?

–Esta hora es tan buena como cualquier otra. Es una errante. Nadie va a salir a despedirla.

–No puede llevársela. –Me incorporé de un salto–. No pienso permitírselo.

La alcaldesa Anderson recorrió con la mirada los rincones de la estancia.

–¡Errante! ¿Dónde te has metido?

–Tiene nombre –le dije. Tenía la boca seca–. Se llama Una.

–Ahí está. –La alcaldesa sostuvo el farol sobre el respaldo del sofá.

–Déjela en paz –susurré.

–¿Cómo has dicho? ¿Cuántas veces tengo que decírtelo, mediana? Habla alto y claro.

–¡Déjela en paz! –Me lancé hacia delante, choqué contra ella con el hombro.

Apenas se inmutó.

Volví a la carga, le clavé el codo en las costillas.

–Oh, pero serás...

Alguien me cogió por detrás. Me retuvo los brazos a la espalda. Robbie.

–Miserables aquellos que retengan a un mayor, Maggie Cruise. –La alcaldesa Anderson sacudió la cabeza.

Forcejeé con Robbie.

–¿Qué estás haciendo, Maggie? –me dijo–. No es más que una errante. Deja que la alcaldesa se la lleve al campamento. Para de complicarte la vida.

Si pudiera meter la mano debajo de la camiseta y alcanzar el cuchillo... Seguía allí, escondido por dentro de los pantalones, clavándoseme en el estómago.

Me revolví y me retorcí, pero él me cogió con fuerza.

–¡¿Neel, Grif?! –gritó la alcaldesa Anderson hacia la puerta–. Venid a ayudarme a sacar de aquí a la errante.

Neel y Grif irrumpieron a grandes zancadas en la habitación y cogieron a Una. Parecía una muñeca de trapo.

¡Lucha, Una, lucha!

No se resistió. La arrastraron por los codos.

–¡Dejadla en paz! –Yo estiré los brazos, pero Robbie me cogió más fuerte.

–Déjalo, Maggie. Déjalo ya. –Era Una, lo dijo sin levantar la vista del suelo–. No quiero tu ayuda. No quiero que me ayudes.

–¿Lo ves? –dijo la alcaldesa Anderson–. No sabe apreciar el esfuerzo que estás haciendo. Así son los errantes. He intentado advertírtelo. Debería darte vergüenza, Maggie Cruise, por desear su compañía.

Abandonó la habitación. Neel y Grif la siguieron, llevándose consigo a Una.

–Hazte un favor a ti misma y déjalo ya, Maggie. –Robbie me soltó–. Siéntate ahí y cálmate. –Me empujó hacia el sofá.

Me desplomé sobre él.

–Eso está mejor –me dijo–. Ahora, no hagas ninguna estupidez. Estaré aquí fuera, en el rellano. –Se dirigió hacia la puerta, cogió su farol–. Mira, Jed acaba de marcharse al campamento y, bueno, a nadie le gustaría que te pasara algo a ti. Así que mantén la cabeza gacha, ¿de acuerdo? Estoy seguro de que la alcaldesa te dejará salir enseguida.

Cerró la puerta con cuidado tras de sí y la habitación quedó sumida en la oscuridad.

Volvió a pasar el pestillo.

Clanc.

* * *

Busqué a tientas el pomo de la puerta. Tiré de él con fuerza.

–¡Robbie! ¡Robbie! ¡Tienes que dejarme salir! No pueden llevársela al campamento. El campamento no es lo que tú crees. ¿Lo sabías? Déjame salir, por favor. Sácame de aquí. Tengo que ayudarla.

Pam, pam, pam.

Aporreé la puerta.

Pam, pam, pam.

–Para, Maggie. No vas a salir, así que más vale que ahorres energías.

Incliné la cabeza hacia la pared.

Pestañeé. Respiré.

Veía los contornos borrosos. La forma de la puerta, el sofá.

El sofá. Era el único objeto que había en la habitación, aparte de mí y de la alfombra. ¿Y si lo utilizaba para tirar la puerta abajo? ¿Y si lo levantaba por un extremo y lo arrojaba hacia la puerta?

No seas tonta, Maggie. No funcionaría nunca en la vida. Y, aunque funcionara, después tendría que vérmelas con Robbie.

Me derrumbé sobre el sofá y me golpeé la frente contra los montículos de la palma de la mano.

Piensa, Maggie.

Piensa.

Piensa.

Piensa.

Tic, tac.

Tic, tac.

El reloj del abuelo Cruise marcaba el paso inexorable de los preciosos minutos.

Cinco.

Diez.

Veinte.

Veinticinco.
Robbie tosió, seguía detrás de la puerta.
Las cosas no iban bien, ya no podía esperar más.
Solo había una manera de salir.

Capítulo 30

Había una luna inmensa y un cielo estrellado. Mirando a través de la diminuta ventana, podía distinguir la plaza a mis pies. Andrew Solsbury, en el centro. La lavandería, en el otro extremo.

Presioné la lengua seca contra el paladar de la boca.

Tenía que hacerlo.

Tenía que deslizarme por la pared.

Saqué el cuchillo de la funda. Tal vez podía romper el cristal con el mango. Pero seguro que Robbie me oiría.

Palpé los bordes de la ventana alrededor del cristal, apretando a medida que avanzaba. ¿Cuál era la parte que estaba pegada? ¿El lateral? ¿La parte de abajo?

Ya lo tenía. Introduje la cuchilla entre la ventana y el marco. Deslicé el cuchillo alrededor, la fui despegando. Intenté levantar la ventana otra vez. Crujió y chirrió y, ya estaba, se abrió. Un poquito. Saqué el cuchillo, cambié la posición y tiré de la ventana hacia arriba una vez más.

Se liberó. Subió. Un aire fresco y limpio irrumpió en la habitación. El olor de los digestores del jardín de atrás y las vacas lecheras. El olor de Fennis Wick. Inspiré.

Voces, abajo en la calle, en el exterior. Demasiado lejos como para que yo pudiera oír lo que estaban diciendo, aunque sí distinguí quiénes eran. La alcaldesa Anderson y Neel. Estaban a la vuelta de la casa, donde se hallaba aparcado el *jeep*.

No tenía mucho tiempo.

* * *

Pasé una pierna por encima de la repisa de la ventana. Palpé con el pie hasta encontrar un apoyo en el alféizar. Me agarré al marco con las manos temblorosas.

El suelo oscuro comenzó a dar vueltas bajo mis pies.

No mires abajo, Maggie. No mires abajo nunca.

Di media vuelta para echar un vistazo hacia el interior.

Tenía que sacar la otra pierna.

Boca seca. Corazón desbocado. Manos sudorosas.

Me cogí con más fuerza.

No mires abajo.

Me incliné hacia el interior, levanté la otra pierna y la pasé al otro lado. Ya tenía los dos pies en el alféizar.

Todo iba bien. Todo iba bien.

Me colgué del marco de la ventana. Me abracé con todo el cuerpo.

Una brisa fresca nocturna soplaba desde el cementerio. Me acarició el rostro. Trajo susurros de los viejos parientes difuntos.

Respira, Maggie. Respira.

Ve bajando, Maggie, ve bajando.

Pero mis dedos estaban rígidos. No podía soltarlos. Imposible.

Claclán, claclán.

Las puertas del *jeep*.

Tienes que bajar, Maggie, tienes que bajar.

Me deslicé desde la ventana.

Un hormigueo me recorrió el estómago.

No eres más que una mediana. Siempre muerta de miedo por todo.

Siempre muerta de miedo.

Volví a apretar el cuerpo hacia dentro.

Maggie tonta.

Siempre muerta de miedo.

No podía hacerlo.

Solo quedaban unos minutos. Unos pocos minutos y Una habría partido. Rumbo al campamento. Y yo me quedaría aquí, hecha un guiñapo de miedo, colgando del marco de una ventana.

Dejándola en la estacada.

Dejando a todo el mundo en la estacada.

Los dedos me dolían de coger el marco con tanta fuerza.

Tal vez tenía que soltarme y ya estaba.

–Métela en el *jeep*, Neel.

Una.

Si no me movía, llegaría tarde.

Muévete, Maggie, muévete.

Siente el miedo.

Haz lo que tienes que hacer.

Volví a deslizarme desde la ventana.

Solté un pie del alféizar.

El suelo me daba vueltas.

Siente el miedo.

El pie encontró un apoyo, pisé sobre el dintel de la ventana de abajo.

Haz lo que tienes que hacer.

Solté la mano derecha, me cogí del alféizar.

Segunda pierna abajo, segunda mano abajo.

Dos pies en firme. Dos manos en firme.

Me detuve.

Respiré.

No mires abajo.

Deslízate, Maggie, deslízate.

Pie, mano, pie, mano.

Hasta la siguiente ventana.

Estaba consiguiéndolo. Estaba consiguiéndolo.

La siguiente ventana.

El siguiente alféi...

Se me resbaló el pie.

Me cogí con fuerza. Me recompuse.

Siente el miedo.

El siguiente alféizar. Ya lo tenía.

La siguiente ventana.

El siguiente...

El pie buscó a tientas en la negrura del aire.

No había alféizar.

Ni ventana.

Ni nada.

Volví a subir la pierna.

No había más apoyos.

Trum, trum, trum, trum.

El *jeep*.

Iba a llegar tarde.

Iba a llegar tarde si no hacía algo en ese preciso instante.

Miré hacia abajo.

El suelo se tambaleaba.

Cerré los ojos con fuerza y volví a pegar todo mi cuerpo plano contra el muro.

Turrut, turrut-trut-trut.

Mira hacia abajo, Maggie, mira hacia abajo.

Me obligué a abrir los ojos y vislumbré las sombras bajo mis pies.

Me encontraba justo encima de la puerta principal de la casa, que tenía un frontón triangular.

Solo necesitaba alcanzar el centro con el pie. Después, podría mantener el equilibrio sobre el triángulo y, desde ahí, bajar al suelo.

Turrut-turrut.

Date prisa, Maggie. Date prisa.

Estiré la pierna hacia fuera.

No llegaba.

Alargué las puntas de los dedos de los pies. Unos centímetros. Eso era lo único que necesitaba. Tres o cuatro centímetros.

Trrrrrrr-turrut.

–Que tenga buen viaje. –Pac, pac. Esas eran las palmadas de despedida de Neel sobre el capó del *jeep*.

Tenía que hacerlo.

Siente tu miedo.

Salté.

Capítulo 31

Pisé el frontón y caí hacia delante, justo frente a la fachada. Se oyó un crujido fuerte y rechinante de rodillas, brazos y tejas de pizarra. Aterricé con dureza sobre los adoquines que había junto a la puerta principal de la alcaldesa Anderson.

Piernas. Manos. Cerebro.

Nada funcionaba.

¿Qué estaba haciendo?

Una.

Una.

Una.

Tengo que detener el *jeep.*

Dobló la esquina traqueteando y pasó por delante de mí, alumbrando con los faros el suelo que pisaba y arrojando fumaradas de humo negro por el tubo de escape.

Subí en marcha y me precipité hacia delante. Salté hacia la parte de atrás, coloqué un pie en la plataforma reposapiés y una mano en la baca del techo. Me acurruqué, me cogí fuerte y tragué una buena bocanada de humo.

No te atragantes, Maggie. No tosas.

Un rostro sombrío en el interior del coche.

Una.

El *jeep* hacía que me vibraran los huesos.

Nos condujo fuera de la plaza, hacia el nordeste, hacia la lechería.

El reposapiés era estrecho, y las manos ya no aguantaban más tiempo cogidas con tanta fuerza.

Bastaría con que la alcaldesa se volviera hacia atrás para que me viera.

El techo, Maggie.

Tienes que subirte al techo.

Doblé una rodilla, apoyé el pie en la manilla de la puerta y un, dos, tres... trepé hasta el techo.

Me apreté entre las barras de la baca.

Me tumbé de lado.

El aire nocturno me envolvió.

Pasamos traqueteando junto a las vacas, a lo largo de los campos del norte y sobre el puente curvo. Después, cruzamos frente al molino y atravesamos la frontera del campo de trigo sin dudarlo ni un segundo.

Cerré los ojos y me cogí con fuerza.

* * *

La alcaldesa Anderson condujo el *jeep* por las carreteras, girando a la izquierda y luego a la derecha; izquierda, luego derecha; izquierda, luego derecha. Trataba de esquivar los matorrales y las raíces, supongo, pero no conseguía sortearlos todos. Yo me escurría hacia atrás y hacia delante, me tambaleaba hacia los lados, me levantaba y volvía a caer. Aquello se bamboleaba más que el tractor del señor Chowdhry.

Los árboles me iban golpeando desde ambos lados y me impedían ver la luna. Me coloqué bocabajo y me puse todo lo plana que pude, por debajo de las barras de la baca. Las ramas golpeaban las barras justo al lado de mis orejas.

El frío tejado del *jeep* vibraba debajo de mí.

Respira, Maggie. Respira.

Fennis Wick quedaba a nuestra espalda, cada vez más lejos.

Mamá, papá y Trig, cada vez más lejos.

Los viejos parientes muertos se desvanecían.

El motor traqueteaba y renqueaba.

Las ramas se enganchaban y rayaban el coche.

Tragué saliva, pero la boca no me funcionaba correctamente. Tenía un enorme nudo de nada en el fondo de la lengua.

Tiritaba. Me temblaban los hombros, me temblaban las rodillas, me temblaba el corazón.

* * *

El *jeep* aminoró la marcha, giró a la izquierda y se detuvo.

Abrí los ojos, continuaba con la mejilla pegada al tejado del coche.

La alcaldesa Anderson bajó del coche con el farol en la mano. Despedía una luz lúgubre en medio de la negrura.

Me quedé inmóvil.

Fría.

Petrificada.

Callada.

Cla-clac. Cerró con llave la puerta del *jeep* y se alejó.

Pestañeé. El resplandor de la luna dibujaba unos contornos oscuros. Una edificación. Ventanas altas. Una furgoneta, más grande que el *jeep,* aparcada a nuestro lado.

El aroma a lavanda lo impregnaba todo.

Levanté la cabeza.

La alcaldesa Anderson dio unos golpecitos a la puerta. Toc, toc, toc.

Me quedé igual.

Petrificada.

Callada.

Toc, toc, toc. La puerta no era de madera. ¿Cristal?

Ahuecó la mano y se acercó a mirar.

Cristal.

–¿Cal? –preguntó.

Toc, toc, toc.

Toc, toc, toc.

Toc, toc, toc.

Un tenue resplandor de farol se iluminó en el interior. La silueta oscura de una persona se acercó hacia la puerta y buscó a tientas el pestillo.

La alcaldesa Anderson se echó hacia atrás.

–¿Qué pasa? –La persona abrió la puerta. Llevaba puestos unos calzoncillos y absolutamente nada más–. Por todos los santos, es mitad de la... ¿Tasher? ¿Tasher Anderson? ¿Eres tú? ¿Sabes que es mitad de la noche?

–Lo sé, lo sé –dijo la alcaldesa–. ¿Vas a dejarme entrar?

Él levantó la vista hacia el camino de la casa.

Petrificada.

Inmóvil.

Maggie.

Petrificada.

Inmóvil.

–Está bien –dijo–. Entra.

Entraron, cerraron la puerta tras de sí.

Resoplé aliviada.

* * *

Salí de debajo de las barras de la baca y bajé del *jeep*. Traté de abrir las puertas. Todas cerradas.

Miré por el cristal de la ventanilla. Oscuridad.

Una.

¿Dónde estaba?

¿Estaría en el suelo, apretando los ojos muy fuerte como había hecho yo en el tejado?

Di unos golpecitos, suaves.

Nada.

–¿Una? –susurré–. Una, soy Maggie.

Nada.

Miré hacia la edificación. No era una casa, en realidad. Tampoco era una iglesia, ni una escuela. ¿Un ayuntamiento? No, eso tampoco.

Sin salir de las sombras, rodeé el *jeep*, después rodeé la furgoneta, y avancé encorvada hacia la puerta principal.

* * *

Me agazapé. Seguía llevando el cuchillo del señor Opal en los pantalones. El mango se me clavaba en el estómago.

El farol resplandecía en el interior.

–... ridículo. No soy un servicio de veinticuatro horas, sabes... –El hombre estampó el manojo de llaves contra la mesa. La voz se colaba por una ventana alta que estaba abierta. En la pared del fondo se veían unos carteles amarillentos y desgastados con las esquinas curvadas.

–¡Es una errante, Cal! –exclamó la alcaldesa Anderson–. No puedo mantenerla en el pueblo, ya ha causado bastantes problemas. Además, no sé a qué vienen tantas quejas, en la ciudad sacarás una buena tajada.

¿Una buena tajada?

Volví a notar el nudo en la garganta.

Cal sacó una botella de detrás de la mesa, la destapó y le dio un trago.

La alcaldesa Anderson cogió las llaves.

–Ya la encierro yo... No necesito ayuda.

Avanzó a grandes zancadas hasta la puerta principal y la abrió de par en par. Yo me escondí de lado.

–¿Dónde quieres que la ponga? –preguntó volviéndose hacia el interior.

Cal resopló de manera sonora.

–Está bien. La número nueve está libre. Supongo que será mejor que suba y me ponga algo de ropa. Luego podemos negociar el precio. De todas formas, llevo desde el fin de semana sin recibir género, así que más vale que no esperes gran cosa. No podrás llevarte más plátanos.

La alcaldesa Anderson se encaminó hacia el *jeep* con el farol a un lado.

Un momento.

Cuando vuelva, me verá.

Me verá de todas todas.

Respira, Maggie.

Respira.

Me asomé a mirar a través del cristal de la puerta principal. Cal no estaba. La habitación estaba a oscuras. Solo se vislumbraba el contorno tenue del escritorio.

El escritorio era lo bastante grande como para esconderse detrás.

La alcaldesa Anderson abrió el maletero del *jeep*.

–Vamos, errante. Ya hemos llegado. Es hora de salir.

Siente el miedo, Maggie.

Aspiré el olor de la lavanda. Olía exactamente igual que al entrar en la despensa de nuestra casa.

Me incorporé, entré en el edificio y me escondí detrás de la mesa.

Capítulo 32

¡Clinc, clonc, clanc!

Choqué contra una pila de faroles que había amontonados en el suelo.

¡Sssshhh, lámparas! ¡Sssshhh! Por favor, ssshhh.

Las sujeté hasta que quedaron en silencio.

Respira.

Respira.

¿Toda una pila de faroles?

¿Quién almacena una montaña de faroles detrás de su mesa?

A cada persona le otorgan un farol al nacer, y más vale que lo cuide porque no le resultará nada fácil conseguir otro.

¿Quién iba a dejar allí sus faroles?

–Entra, muchacha. –La alcaldesa Anderson empujó a Una hacia el interior de la casa. Yo asomé la cabeza para mirar desde el lateral de la mesa.

Una.

Iba con la cabeza gacha y los hombros bajos.

Levantó un instante la vista, con un gesto muy leve.

Nuestras miradas se encontraron.

No se sobresaltó.

No sonrió.

No hizo absolutamente nada.

Había dos puertas, una a cada lado del escritorio. Ambas tenían unas ventanas rectangulares en la mitad superior. La alcaldesa Anderson cogía a Una por el brazo con una mano y llevaba su farol y las llaves en la otra. Abrió una de las puertas de una patada y empujó a Una hacia dentro.

La puerta se cerró tras ella y yo volví a quedar sumida en la oscuridad, que era total salvo por el tenue resplandor rectangular que traspasaba por la ventana.

Me arrastré hasta la puerta. Vislumbré a la alcaldesa Anderson. Se encontraba en un pasillo con diversas puertas. Buscó una llave del manojo y abrió una que había a mano izquierda. Metió a Una dentro.

Volví a agazaparme junto a los faroles.

La alcaldesa Anderson regresó. Dejó las llaves en la mesa y se sentó sobre ella. La mesa crujió. Contuve la respiración.

Resopló.

Repiqueteó con los dedos sobre el escritorio.

Uno, dos, tres, cuatro, cinco.

Uno, dos, tres, cuatro, cinco.

Su farol iluminaba la pared que tenía detrás. *Policía de Chifferton,* rezaban unas letras que había en la parte más alta. ¿Policía? ¿Ese lugar era una antigua comisaría de policía?

El resplandor de la luz alumbraba también los pósteres antiguos con las esquinas levantadas que había debajo.

¡MAYORES! –rezaba uno de ellos–. VUESTRO PAÍS OS NECESITA.

¿VUESTROS VECINOS SIGUEN EL EDICTO? ¡MEJOR ESPIAR QUE MORIR!

TRAED VUESTROS FAROLES Y MARCHAD AL CAMPAMENTO. ¡ALLÍ LO PASARÉIS EN GRANDE!

TRABAJEMOS POR EL PAÍS: TENDAMOS LA MANO.

Y abajo del todo, habían insertado: LOS ERRANTES SON DILAPIDADORES.

La alcaldesa resopló de nuevo.

Uno, dos, tres, cuatro, cinco.

Uno, dos, tres, cuatro, cinco.

Se levantó, cogió el farol y atravesó la segunda puerta, que se abría al otro lado del escritorio.

Oscuridad.

Sola.

¿Se había llevado las llaves?

Busqué a tientas sobre el escritorio.

Palpé el tablero.

Nada...

Nada...

¡Ahí estaban!

Algo abultado. Metálico. Con picos.

Cogí las llaves y agarré un farol del montón.

* * *

Mi farol iluminaba el pasillo.

Fui pasando puertas, con sigilo y cuidado.

Se oían algunos ruidos.

Murmullos.

¿Rezos?

Llantos.

Y algo más. ¿Un zumbido? No, un canturreo, pero muy muy suave.

Continué avanzando.

Allí. Un pequeño nueve dorado en una puerta de la izquierda. Me arrodillé, levanté las llaves a la altura del farol y busqué en el manojo. Tenían los números grabados.

Ahí estaba, la nueve.

Abrí la puerta.

–¡Una! Soy yo, ¡soy Maggie!

No se sobresaltó.

No sonrió.

No hizo absolutamente nada.

–Vamos. –La cogí del brazo, con firmeza y determinación. Igual que la alcaldesa Anderson–. Tenemos que salir de aquí. –La levanté.

La ventana que había al fondo del pasillo continuaba a oscuras. Nos dirigimos de puntillas hacia ella. Con sigilo, con sigilo, con mucho sigilo.

Pero escucha.

Ese canturreo otra vez.

Tan bajo.

Tan leve.

«En los campos del sur donde crecen los tréboles,
llamo a Evie, oh».

El sauce gris. Procedía de la puerta número dos.

«¿Podrá oírme? ¿Podrá ver los campos?
Bajo la sombra del sauce gris».

Conocía aquella voz.

Llevaba oyendo aquella voz desde que no levantaba más de un palmo del suelo.

Lindi.

Rebusqué entre las llaves.

Número ocho, número diez, número tres, ¿dónde estaba la de la dos? ¿Dónde estaba? Se me cayeron al suelo de piedra. Rataclín.

Las rescaté rápidamente.

Número cuatro, número uno; ahí, número dos.

La introduje en el ojo de la cerradura.

* * *

Lindi parpadeó bajo el repentino resplandor.

Había alguien más allí, tendido en el suelo, con la cabeza recostada sobre el regazo de Lindi. Ella le acariciaba el pelo.

–¡Jed! –Me arrodillé en el suelo–. ¿Está bien? –Le cogí la mano–. ¿Estás bien, Jed? ¿Lindi? ¿Está bien?

Lindi me miró boquiabierta.

–¿Qué... cómo es que estás aquí? ¿Cómo nos has encontrado?

–¿Está bien Jed? ¿Qué le ha pasado?

Lindi bajó la mirada hacia el regazo.

–Intentó impedir que siguieran empujándome. Y lo golpearon. Aquí, en el ojo. –Pasó suavemente la mano por encima de su frente.

Levanté en alto el farol y miré a Jed con los ojos entrecerrados. Él arrugó el rostro y se volvió de espaldas.

–Hace mucho que no comemos –explicó Lindi–. Creo que esto no es el campamento, Maggie. Me parece que la alcaldesa Anderson nos ha estado mintiendo.

–Lleva años mintiéndonos. –Me asomé al pasillo–. No hay ningún campamento. Os ha traído aquí para venderos. Escucha, tenemos que darnos prisa. ¿Podremos levantar a Jed? ¿Jed? ¿Jed? ¿Puedes oírme? Soy Maggie. Tenemos que irnos.

–¿Mmmmm? –Jed entreabrió los párpados y trató de enfocarme–. ¿Magsie? ¿Eres tú? ¿Qué está pasando, Magsie?

–Vamos, Lindi. Vamos a levantarlo. –Cogí el farol y las llaves con una mano y me pasé el brazo de Jed por detrás de los hombros. Lindi se levantó entre tambaleos. Llevaba el pelo suelto. Cogió el otro brazo de Jed.

Una se acercó desde la puerta.

–¿Quién es esa? –Lindi retrocedió, asustada–. ¿Quién eres? Lárgate, déjanos en paz.

–Tranquila, Lindi –le dije–. Es Una. Es amiga mía.

Una me miró.

No sonrió.

Le quitó el brazo de Jed a Lindi y salimos los cuatro de la habitación. Atravesamos la puerta que había al final del pasillo y descansamos al lado del escritorio.

–La alcaldesa regresará en cualquier momento –aseguré en susurros–. Tenemos que encontrar donde escondernos.

–Pero ¿dónde, Maggie? –dijo Lindi–. Ni siquiera sé dónde estamos.

¿Dónde?

¿Dónde podemos escondernos?

Piensa, Maggie, piensa.

¿En el *jeep*? Podríamos tumbarnos en el suelo del vehículo, o subirnos en el techo, y regresar así a casa.

Pero el interior estaba cerrado con llave y en el techo no cabríamos los cuatro.

Piensa, Maggie.

Piensa.

La furgoneta.

Era más grande que el *jeep* y teníamos las llaves de Cal.

La llave de la furgoneta debía de estar también allí.

–Ahí fuera hay una furgoneta –dije–. ¡Nos esconderemos en la parte de atrás! ¡Rápido!

–¿Magsie? ¿Magsie? –Jed farfullaba mi nombre.

–Calla, Jed –le susurré al oído–. Ahora no hables. Nos estamos escondiendo.

Lo ayudamos a salir.

La luz de la luna iluminaba el *jeep* y la furgoneta. Avanzamos hasta ellas.

–¡Oh! ¡Aire fresco! –Lindi tomó aire y respiró hondo–. ¡Aire fresco y lavanda! –Se incorporó un poco más, adoptó una postura más erguida.

–Lindi –le dije–, ¿crees que puedes sostener a Jed un momento?

Lindi y Una sujetaron a Jed mientras yo rebuscaba entre las llaves.

La llave de la furgoneta tiene que estar por aquí.

–¿Pero se puede saber...? ¿Cruise? ¿Maggie Cruise?

Me quedé congelada. Petrificada. Inmóvil.

La alcaldesa Anderson se encontraba delante de la puerta de la casa, con la boca abierta de par en par, igual que hacía Trig. El farol se balanceaba junto a su pierna.

–¿Cómo diablos has...? –Miró a su alrededor–. Espera, ¿cómo has conseguido llegar hasta aquí? ¿En el *jeep*? ¿Y cómo has conseguido sacar...?

–Maggie –interrumpió Lindi–. ¡Encuentra la llave!

La llave. La llave. La llave. ¿Dónde estaba?

–No importa. –La alcaldesa Anderson caminó hacia nosotros–. Ahora no necesito los detalles. Pero estoy impresionada, si te soy sincera. No sabía que tuvieras esa capacidad. Debería avergonzarme, ¿no crees? Por subestimar a una mediana.

–¡Maggie! –era Lindi otra vez.

Seguí rebuscando entre las llaves.

La alcaldesa Anderson miró por encima de mí hacia los otros.

–Tú y yo, Maggie Cruise, tenemos mucho en común, ¿sabes?

Mugrienta.

Maligna.

Mentirosa.

–No tenemos nada en común –respondí.

–Oh, vamos. Las dos somos medianas. Las dos hemos tenido un hermano mayor siempre heroico, o casi siempre –puntualizó mirando a Jed–, y un hermano pequeño inútil.

–Trig no es ningún inútil –le escupí las palabras.

–Las dos estamos dispuestas a sacrificar a otras personas con tal de obtener notoriedad.

–Eso no es cierto –espeté–. Yo no soy así. Ya no.

La alcaldesa Anderson sonrió. Su farol le iluminaba el mentón y la parte inferior de la nariz.

–Dame las llaves. –Alargó la mano–. Dame las llaves y volveremos a encerrar a estos tres. Tú y yo juntas. Después, volveré a llevarte a casa en el *jeep* y ¿sabes qué?, olvidala idea de ser aprendiz del señor Wetheral; podrás ser mi aprendiz. Puedes ayudarme a mantener a todo el mundo sano y salvo, abrigado y bien alimentado. Yo llevo años haciéndolo, pero no puedo seguir para siempre. El pueblo necesita a alguien con agallas, Cruise. El pueblo te necesita.

Se acercó más, señaló las llaves con la mirada.

–Dámelas.

–No, Maggie. –Lindi estaba pegada a mi hombro–. Pásanoslas para atrás.

–Cal bajará enseguida –dijo la alcaldesa Anderson–. Si te sorprende aquí, no solo encerrará a esos tres; te encerrará a ti también. No vais a llegar a ninguna parte escondiéndoos en esa furgoneta. Ni siquiera sabéis conducir. Vamos. Dame las llaves.

Alcé el farol por encima de la cintura y bajé la vista hacia el manojo de llaves. La que tenía más cerca era diferente a todas las demás. Era más plana que una llave normal. Más pequeña. Tenía que ser esa. No podía creer que no la hubiera visto antes. La separé.

Aunque la alcaldesa tenía razón. Yo no podía llevarlos a casa. No íbamos a llegar a ninguna parte. Cal lo impediría, de una manera o de otra.

La alcaldesa Anderson hizo un gesto con la cabeza hacia la mano abierta.

Siente el miedo, Maggie.

Siente el miedo y haz lo que tienes que hacer.

Le pasé las llaves a Lindi, con la pequeña y plana separada del resto. Ella las cogió al vuelo.

La alcaldesa Anderson cerró los dedos sobre la palma vacía de su mano.

Las llaves tintinearon.

Clanc. La furgoneta estaba abierta.

–¿Qué está pasando? –farfulló Jed.

–Vamos a subir a esta furgoneta –dijo Lindi–. Vamos.

La alcaldesa Anderson se detuvo. Era una cabeza y media más alta que yo.

El cuchillo.

El cuchillo del señor Opal.

Lo saqué de la cintura de mis pantalones, lo extraje de la funda y lo sostuve hacia ella con las manos temblorosas. Apunté a la alcaldesa con él. La luz de nuestros faroles se reflejó en la hoja.

–No va a volver a encerrar a nadie, nunca más. –Fui retrocediendo en dirección a la furgoneta.

–«Miserables aquellos que se niegan a enviar a sus mayores al campamento –dijo la alcaldesa–. Miserables ellos y sus familiares». ¿Recuerdas eso, Cruise?

–El campamento ya no existe. –El cuchillo vibraba en mis puños temblorosos.

La alcaldesa Anderson estiró la barbilla.

–Aun así, ahora mismo yo estaría muy preocupada por mi familia, si fuera tú. Después de todo, hay muchos errantes merodeando alrededor de Fennis Wick y se dice que prenden fuego a las casas. No querríamos que la casa de los Cruise fuese la siguiente de la lista, ¿no te parece?

–¿Tash? ¿Tasher? –Era Cal, que estaba en la puerta, ahora ya vestido del todo.

–Cal –dijo la alcaldesa–. Hay aquí unos muchachos que te han quitado las llaves. Voy a tener que dejarlo en tus manos, me temo, porque tengo un asunto urgente que atender. –Me miró a los ojos–. Pero no te preocupes, Cal; no irán muy lejos. Enciérralos a todos cuando los atrapes. La cuarta puedes quedártela de regalo. –La alcaldesa Anderson avanzó de manera precipitada hasta el *jeep*, subió a todo correr y encendió el motor.

«Ahora mismo yo estaría muy preocupada por mi familia, si fuera tú».

–¿Pero qué estás...? ¿Tasher? ¡Tasher! –Cal salió corriendo–. ¿Adónde vas? ¿Quién tiene las llaves?

Mamá, papá, Trig. En casa, en Fennis Wick.

Tenía que volver con ellos.

Tenía que volver a casa.

–¡Rápido, Maggie, sube ya! –Lindi me tiró del jersey para hacerme entrar en la furgoneta y cerró la puerta tras de mí.

Capítulo 33

Cal intentó abrir la puerta.

¡Pam! ¡Pam! ¡Pam! Aporreó el lateral.

–Salid de mi furgoneta. ¡Salid! Y dadme las llaves ahora mismo.

¡Pam! ¡Pam! ¡Pam!

Las finas paredes se tambaleaban.

–¿Y esto qué es? –A ambos lados había unos bultos, unas cajas apiladas. Lindi metió la mano en una de ellas y sacó un racimo de plátanos.

De manera que la alcaldesa Anderson no era la única que mentía. Cal no se había quedado sin plátanos. Levanté el farol. Debía de haber cerca de veinte cajas llenas.

¡Pam! ¡Pam! ¡Pam!

El golpeteo me retumbaba en la cabeza.

–¿Es algún tipo de planta? –Lindi puso el plátano bocabajo.

–Son plátanos –dije–. Fruta. Cómete uno; te sentirás mejor. Mira. –Deposité el farol en medio del suelo, guardé el cuchillo del señor Opal y arranqué un plátano del racimo para Lindi. Lo pelé, como me había enseñado mamá.

¡Pam! ¡Pam! ¡Pam!

Le ofrecí el plátano a Jed. Apenas podía levantar el brazo.

–Cométetelo –le dije–. Te sentará bien.

¡Pam! ¡Pam! ¡Pam!

–¡Salid de mi furgoneta!

Lindi también peló un plátano.

Una observaba.

¡Pam! ¡Pam! ¡Pam!

El martilleo me resonó en las costillas.

–Tenemos que regresar a Fennis Wick –dije–. Mamá, papá y Trig, los he puesto en un tremendo peligro.

¡Pam! ¡Pam! ¡Pam!

–No sé qué hacer. –Me pellizqué la uña del pulgar–. Tenemos una furgoneta, pero no sabemos conducir y, si no conseguimos...

–Espera –Lindi habló con la boca llena de plátano–. ¿Quién dice que no sabemos conducir? ¡Pásame ese farol! –Cogió las llaves y el farol y se arrastró por encima de las cajas hasta la parte delantera de la furgoneta.

–¡Salid de ahí! –bramó Cal a través del cristal oscuro de la ventana–. ¿Creéis que no tengo otras llaves de recambio? –¡Pam! ¡Pam! ¡Pam!

Lindi saltó por encima del respaldo hasta el asiento del conductor y se sentó.

–Yo siempre acompañaba a mi padre en el tractor –exclamó volviéndose hacia atrás–. Él me dejaba manejar las palancas. No puede ser muy diferente, ¿no? Mira, la llave debería ir aquí. Solo hay que girarla y...

Tut, tut, tut. El motor se ahogó con un traqueteo.

Lo intentó de nuevo.

Trut-tut-trut-tut-trut-tut.

Tut, tut, tut.

Me arrastré hacia delante y me incliné sobre el asiento para mirar por la ventana. Los contornos de los árboles se dibujaban contra el cielo, pero la carretera era una mancha de negrura.

Trut-tut-trut-tut-trut-tut.

Un panel entero de botones y esferas se extendía tras el volante. Uno de ellos tenía que servir para encender las luces. Lo recorrí con la mirada. Ese de ahí, ese tenía el símbolo de un faro. Me incliné sobre Lindi y lo activé. El sendero se iluminó. Cal apartó la vista del haz de luz.

–Genial. Gracias, Maggie –dijo Lindi.

–¡Bueno, ya está! –gritó Cal a través de la ventana–. Voy a buscar las llaves de repuesto. Estúpidos niñatos.

La furgoneta tenía espejos a los dos lados. Lo vi a él y a su farol desaparecer en la comisaría.

Lindi giró de nuevo la llave.

Trut-tut-trut-tut-trut-tut.

El motor se ahogó con un traqueteo.

–Date prisa, Lindi. Por favor, date prisa. –Estreché el respaldo del asiento. Cal iba a atraparnos. Iba a atraparnos, seguro.

–Espera –dijo Lindi–. Tal vez si...

Brrrrrrrruuuuum. El motor arrancó.

–¡Lo tengo! Ahora, la palanca de cambios. El pedal hasta el fondo y... –Cogió la palanca que salía del suelo.

Crac.

Crrrrraaaaac.

–¡La primera! ¡Vámonos! –La furgoneta comenzó a avanzar. Una caja de plátanos se deslizó hacia mí. Jed protestó.

El motor se caló.

–Mierda. –Lindi giró la llave de nuevo.

Brrrrrrrruuuuum.

Movió la palanca de cambios.

Crrrrraaaaac.

–Pero... –Lindi se interrumpió. Deslizó las manos hasta la parte inferior del volante–. No podemos irnos sin más.

El motor emitió un zumbido y se ahogó.

–¿Qué quieres decir con que no podemos irnos? ¡Lindi, tenemos que irnos! –Miré por el espejo lateral. Cal estaba saliendo por la puerta–. ¡Ya viene! Tenemos que irnos. ¡Ya! ¡Vamos, Lindi! ¡Date prisa!

–¿Y qué pasa con los otros? –dijo.

–¿Qué otros?

Cal se dirigía hacia nosotros a grandes zancadas.

–Los otros mayores que están encerrados en las demás celdas.

El murmullo, el llanto. Todas las habitaciones del pasillo.

Mayores.

Todo aquel lugar estaba lleno de mayores encerrados.

–No puedo abandonarlos, Maggie.

–Volveremos a buscarlos –le dije–. En cuanto nos aseguremos de que está todo bien en casa.

–Pero...

–Volveremos, te lo prometo, pero ahora tenemos que irnos. ¡Vamos!

A Cal se le veía inmenso en el espejo. Cogió el picaporte de la puerta, justo la del lado de Lindi.

Cla-clac. Desbloqueó la puerta.

–¡Vamos!

Lindi colocó las dos manos sobre el volante. La furgoneta arrancó con una sacudida y continuó avanzando.

Cal abrió la puerta y echó a correr a nuestro lado.

–¡Más rápido! –Me cogí al respaldo del asiento.

Lindi movió la palanca de cambios.

Crrrrraaaaac.

La furgoneta aceleró.

Cal se desprendió.

Patapúm.

–¡Ahhhhhh! –la voz de Cal, desde el exterior.

Lindi extendió el brazo, cogió la puerta y la cerró de golpe.

Miré el espejo. Cal estaba en el suelo, agarrándose el pie, y el farol rodaba a su lado.

Más rápido.

Más rápido.

Cal se puso de pie. Iba saltando tras nosotros, cogiéndose el pie. Alejándose cada vez más a medida que avanzábamos.

Más pequeño.

Y más pequeño.

Y más pequeño.

–Lo has conseguido, Lindi –susurré–. Lo has conseguido.

Cal era ya tan pequeño que no alcanzábamos a verlo.

–¿Crees que está bien? –le pregunté.

–Sobrevivirá.

Sobrevivirá.

Tiene razón.

–Ahora tenemos que regresar a Fennis Wick –le dije–. Todo lo rápido que puedas.

Lindi se cogió al volante y clavó los ojos en la carretera.

–Sí, lo sé, pero hay un problema, Maggie.

–¿Un problema?

–Ajá. No tengo ni idea de cómo se llega hasta allí.

Ni idea de cómo se llega hasta allí.

Yo tampoco.

Estábamos perdidos.

No llegaríamos a tiempo.

–Yo puedo llevaros hasta allí. –Una. Era la primera cosa que me decía desde que estuvimos encerradas en la habitación de la casa de la alcaldesa Anderson.

Estaba de pie en la parte trasera de la furgoneta, manteniendo el equilibrio sobre una caja de plátanos.

–¿Puedes hacerlo? –pregunté.

Ella se inclinó hacia delante.

–Sí. Hemos venido por una antigua autopista. Hay unas cuantas por la zona. La número tres, así era como llamaba mi abuelo a esta. Viajamos por ella montones de veces.

No sonrió.

–¿Has ido por ella? –Lindi viró bruscamente la furgoneta. Las cajas se deslizaron hacia un lado–. ¿Qué significa que eso?

Miré a Una.

–¿De verdad sabes cómo regresar a Fennis Wick?

–Desde luego. Un errante jamás va a ninguna parte sin memorizar la ruta que toma. Nunca sabes cuándo necesitarás desandar el camino deprisa y corriendo.

–Un momento, ¿es una errante? –Lindi se volvió a mirarla. La furgoneta dio otro bandazo.

–Sí. Y es mi amiga –dije.

–No soy tu amiga –dijo Una–. Ya no. –Saltó por encima del asiento y se sentó junto a Lindi–. Dentro de poco habrá un desvío a la derecha. Toma ese camino.

Volví a acurrucarme en el suelo de la furgoneta, entre las cajas.

No era de extrañar que no quisiera ser mi amiga. La había entregado a la alcaldesa. Le habían destrozado la casa y habían apaleado a su padre.

El señor Opal.

Todavía tenía su cuchillo.

Lo saqué de la cintura de los pantalones.

–Toma. –Me estiré y se lo pasé a Una–. El cuchillo de tu padre. No es mío. Creo que eres tú quien debe tenerlo.

–¿De verdad crees que es buena idea, Maggie? –Lindi no apartaba la vista de la carretera–. Quiero decir que, si ella es una...

–Es una buena persona –dije–. La mejor.

Una aceptó el cuchillo.

–¿Maggie? ¿Eres tú? –Jed estaba sentado e intentaba incorporarse–. ¿Dónde está Lindi? ¿Dónde está? ¿Dónde está Lindi?

–Siéntate, Jed –le dije desde el otro lado–. Lindi está bien. Está aquí, conduciendo la furgoneta.

Se desplomó sobre el suelo.

–¿Conduciendo? ¿Conduciendo adónde? Aaaaaau. –Se tocó la cabeza–. Tengo un dolor de cabeza horrible.

–Toma. –Arranqué otro plátano de la caja que tenía más cerca y me arrastré hasta él–. Te conseguiré algo más para comer.

–Gracias, Maggie. –Se giró de costado–. ¿Y puedes contarme qué diablos está pasando?

–Sí –dije–. De acuerdo.

Miré por la ventana del portón trasero de la furgoneta. Una línea rosada resplandecía sobre las copas de los árboles en la distancia. El día comenzaba a despuntar.

Me senté junto a Jed. Una le dijo algo a Lindi y señaló a lo lejos. Yo no alcanzaba a oír lo que le decía –lo único que oía era el ruido del motor–, pero Lindi asintió y giró el volante con brusquedad hacia la derecha.

Pelé el plátano, lo partí en dos y le pasé la mitad a Jed.

Conduce rápido, Lindi.

Todo lo rápido que puedas.

Necesito llegar a casa.

* * *

–Mira. –Lindi atisbó a lo lejos–. ¿Es Fennis Wick?

Me abalancé a gatas hacia delante.

Un humo espeso se elevaba contra el cielo pálido de la mañana.

Fuego.

Mamá. Papá. Trig.

–Es nuestra casa –dije–. La alcaldesa Anderson ha prendido fuego a nuestra casa. Rápido, Lindi. ¡Rápido!

Lindi entró en el pueblo a toda velocidad, dejó atrás el molino y los campos y las vacas, y llegó a la plaza. Pasó chirriando por delante de la lavandería y, después de doblar la esquina, se detuvo.

Jed se puso en pie en la furgoneta, con las piernas temblorosas.

–Yo voy, Maggie, no te preocupes; yo los salvaré. Los salvaré.

Las rodillas le flaquearon y finalmente Jed se desplomó en el suelo.

Abrí con rapidez el portón de atrás de la furgoneta, salté por encima de Jed y bajé de un brinco.

Capítulo 34

Nuestra casa crepitaba y rugía entre las llamas, el calor y el humo. El tejado, torcido y derrumbado. Las personas, reunidas en el margen de la carretera en sus camisones de dormir y sus botas.

–¡Mamá! ¡Papá! ¡Trig! –grité sus nombres–. ¡Dejadme pasar! ¡Dejadme pasar!

Mamá estaba tendida en el suelo. El doctor Sunita estaba inclinado sobre ella. Papá estaba a su lado, tosiendo.

–¡Mamá! ¡Mamá!

–¡Maggie! –la voz de papá se quebró–. ¿Dónde has estado? Neel nos dijo que estabas haciendo un trabajo para la alcaldesa, pero has pasado fuera toda la noche...

–No importa, papá. Estoy bien, pero ¿y mamá? ¿Está bien? ¿Y Trig?

–Todos se van a poner bien, Maggie. –El doctor levantó la vista–. El señor Wetheral vio el humo y tiró la puerta abajo. Los despertó a todos justo a tiempo.

–¿Dónde está Trig, papá? No lo veo. –Miré a mi alrededor. ¿Dónde estaba?

–Está bien, Maggie. Mamá lo sacó. Está aquí. –Apuntó con el brazo hacia un lado.

Trig no estaba. Yo me volví y estiré el cuello y entrecerré los ojos para buscar. Había gente de la escuela, gente de los campos, gente del ganado –hasta Frederick estaba allí–, pero ni rastro de Trig.

–¡No está aquí, papá! ¿Dónde está? ¡Trig! ¡Trig! –Aparté a Beth Goodman y a la pequeña Devvy Chowdhry del camino.

–¡Maggie! –era Una, que estaba justo detrás de mí–. ¿Es ese de ahí?

Apuntó hacia la casa.

Las llamas rugían y emergían por las ventanas.

–¡Trig! –bramó papá. Se levantó entre tambaleos y tropezó, agarrándose el pecho, tosiendo–. ¿Qué hace? ¡Trig! ¡Que alguien lo detenga!

Una mano cogió la mía. Una mano cálida. Fuerte. Mugrienta. Libre.

Una.

–Tengo que entrar –le dije.

–Desde luego –respondió–. ¿A qué estamos esperando? Siente el miedo, Maggie. Una vez más. Siente el miedo.

Nos cubrimos la boca con los brazos que teníamos libres y entramos corriendo juntas en la casa.

* * *

Los ojos se me cerraron al chocar con la espesa y abrasadora negrura. El fuego crujía y crepitaba. Inspiré el aire viciado a través de la manga de mi jersey. Aire que había pasado por los pulmones una vez, dos, tres veces. Cada partícula de mí deseaba salir corriendo al exterior.

Cálmate, Maggie, cálmate. Concéntrate en la mano de Una, acogedora y firme.

Se la estreché. Y ella estrechó la mía.

–¡Trig! ¡Trig! –El aire me quemaba en la garganta–. ¿Trig? ¿Dónde estás?

CRRRRRIIIIIC.

La casa prorrumpió un chirrido estridente y agonizante.

–¡Tenemos que darnos prisa! –exclamó Una.

–¡Trig! ¡Trig! ¡Sal! ¡Tienes que salir!

CRAAAAAAAAC.

–¡Jed! ¡Jed! ¡Jed!

Era Trig.

¿Estaba llamando a Jed?

–Vamos, Jed, vamos.

Estaba sentado en el salón. Con el retrato. Del Jed Real.

Claro que sí.

–Trig, puedes dejarlo aquí. Jed ha vuelto a casa, ¡ha vuelto!

Me abrí camino a tientas arrastrando a Una conmigo.

Allí había menos humo.

Entreabrí un poco los ojos.

Contornos en la oscuridad. Trig estaba tirando del pesado marco. El Jed Real estaba medio arrancado de la pared.

–Vamos, Jed. Vamos. –Trig farfullaba y tosía y tiraba del cuadro.

El marco se le escapó y chocó de nuevo contra la pared.

–¡Jed! ¡Jed! –Trig volvió el rostro hacia nosotras a través del humo–. Dile que venga, Maggie, dile que venga.

Me incliné, cogí a Trig del hombro.

–Jed está en casa, Trig. Ya no necesitamos el retrato.

Él se apartó.

–No me mientas, Maggie. –Dejó de luchar contra el cuadro–. Me quedo con él. No pienso dejarlo aquí solo.

Posó la cabeza sobre el Jed Real. Lo acarició con la palma de la mano.

Aspiró bocanadas de aire cargado de humo.

Agarré el marco.

–Tú cógelo por el otro lado, Trig. Lo sacaremos juntos.

CRRRRRRAAAAASH.

Se oyó un gemido lastimero y chirriante que venía del vestíbulo.

–¡Deprisa! –Una saltó hacia nosotros y cogió el marco por debajo.

Juntas lo levantamos y lo descolgamos de la pared. Qué curioso, ya no parecía tan pesado. Era liviano como una pluma.

El humo era cada vez más denso.

–¡Por aquí! –Una nos guiaba con el cuadro hacia el vestíbulo.

Las escaleras se habían hundido; ardían, derrumbadas, en el suelo. El calor nos abrasaba la cara.

–¡Cerrad la boca y los ojos! –gritó Una.

Los cuatro –Trig, Jed, Una y yo– bordeamos el resplandor de las llamas y salimos al aire libre.

Alguien fuerte, alguien silencioso, cogió a Jed y se lo llevó a un lugar seguro.

Frederick.

Nosotros nos desplomamos entre toses en los brazos de los vecinos.

* * *

–¿Pequeña Cruise? ¿Pequeña Cruise?

Elsie. Elsie Weather.

Unos dedos torcidos y huesudos me acariciaban la mejilla.

–¿Estás bien, pequeña Cruise?

–Está abriendo los ojos, madre, mira.

Unos rostros en sombra, viejos y maltrechos y amables, me miraban.

–Ha vuelto, está con nosotros, madre. Te dije que se recuperaría.

Elsie no sonrió. Asintió. Y se enjugó una lágrima de la mejilla.

Fuego.

Trig.

Trig y Una.

Me incorporé.

–¿Trig? ¿Una? ¿Dónde están? ¿Dónde están Trig y Una? ¿Están bien?

–Cuidado, pequeña Cruise. Tienes que cuidar esos pulmones.

–Están bien, Maggie. El fuego está controlado y todo el mundo está bien. –El señor Wetheral se apartó para dejarme ver–. ¿Lo ves?

Trig estaba allí, a un metro de distancia de mí, acurrucado en el abrazo de papá.

Mi respiración se calmó.

Y Una venía caminando hacia mí.

Estaba bien.

Estaba bien.

Me levanté.

–Gracias, señor Wetheral. Gracias, señora Weather. Me van a disculpar, pero ahora tengo que...

–No te preocupes por nosotros. –El señor Wetheral se pasó las manos por los brazos para desenrollarse las mangas–. Ve a ver a tu amiga. A nosotros nos llevará nuestro rato levantarnos del suelo, no creas, ¿verdad, madre? Ve, vamos.

Eché a correr hacia Una. Me abalancé sobre ella y la envolví con los brazos.

Mugre.

Sol.

Y pelo sin lavar.

Todo continuaba allí, por debajo del fuerte olor a humo.

–Voy a llevarte a casa –le dije–. De vuelta con tu padre.

Ella me estrechó con mucha mucha mucha fuerza. Como si fuera a quedarse abrazándome para siempre.

–Ya no tengo casa, Maggie. Y tampoco padre. Se ha ido.

¿Ido?

La aparté de mí, busqué sus manos y las cogí con firmeza. La miré a los ojos.

–¿Qué dices? ¿Adónde se ha ido?

–Está muerto, Maggie. –Una lágrima enorme se deslizó por su mejilla–. Tu alcaldesa, ella les dijo a esos hombres que lo mataran. Y luego me llevó a su casa.

Una creía que su padre estaba muerto. Llevaba desde el sábado creyendo que su padre estaba muerto.

–¡No! ¡No! No está muerto, Una. Está vivo. Lo he visto.

Ella me miró boquiabierta.

–Lo vi, cuando estabas en casa de la alcaldesa. Él me habló de tu hermano. De Felix. Me lo contó todo. Está vivo, Una. Estaba arreglando las gafas y tomándose los antibióticos y reparando el depósito. –Le estreché las manos con más fuerza–. Está vivo. De verdad, lo está.

Sus labios se movieron, pero de ellos no salió ni una sola palabra.

–Vivo, ¿en serio? –dijo una voz a mi espalda–. Así que los Parker hicieron una chapuza, ya veo.

La alcaldesa Anderson.

* * *

–No se acerque a ella. –Me mantuve rígida, me interpuse entre Una y la alcaldesa–. ¡NO SE ACERQUE! –le grité esta vez, a voz en cuello.

Todo el mundo se volvió. Papá, el doctor Sunita, el señor Wetheral. Los profesores, los ganaderos, los mayores, los pequeños, los medianos. Todos los que habían ido a ayudar o a curiosear. Todos se volvieron hacia nosotras.

La alcaldesa Anderson agachó la vista hacia el suelo. Sacudió la cabeza.

–Hemos sido testigos de algo terrible esta mañana. El desastre ha podido evitarse gracias a la rápida reacción de nuestro querido Han Wetheral. Y, bueno, debo confesarlo –y alzó las manos al decirlo–, este desastre ha sido en parte culpa mía.

¿Culpa suya? ¿Acaso pensaba contar la verdad?

–Culpa mía porque yo traje a una errante, a una errante mugrienta, maligna y mentirosa, a nuestro pueblo.

Miró a Una.

Se oyó un murmullo entre la gente. «¿Ella es la errante? ¿Es ella?».

–Y Maggie Cruise, una mediana confundida, liberó a la errante en la madrugada de hoy, y ha estado a punto de pagar un precio terrible por ello. De forma que quiero disculparme ante todos vosotros y prometeros que me llevaré a esta muchacha errante...

–Se llama Una –dije.

–... me llevaré a esta muchacha errante e incendiaria –prosiguió la alcaldesa– de nuestro pueblo inmediatamente.

La multitud comenzó a avanzar hacia delante. Incendiaria. Errante. Asesina.

Me puse delante de Una.

–Nadie va a llevarla a ninguna parte –lo dije alto y claro–. No es cierto, Una no prendió fuego a nuestra casa, ha sido la alcaldesa Anderson. Una lo único que ha hecho es ayudarme a salvar a Trig. Todos lo habéis visto.

–Eso es absurdo. –La alcaldesa repiqueteó con los dedos en la pierna. Uno, dos, tres, cuatro, cinco. Uno, dos, tres, cuatro, cinco–. Mirad, ha sido una noche muy larga. Ya va siendo hora de que todo el mundo regrese a casa. Tengo el *jeep* esperando en la plaza para llevarme a la errante al campamento y estoy convencida de que ninguno de vosotros querrá impedirlo.

–Está mintiendo –dije–. Todo es mentira. Una no es peligrosa y el campamento ya no existe. La Guerra Silenciosa acabó hace años.

–Eso es ridículo. –El entramado de finas venas del rostro de la alcaldesa comenzó a enrojecer.

Tragué saliva.

–La alcaldesa Anderson se lleva a los mayores del pueblo y los vende a cambio de gasolina, ropa, plátanos y figurillas. Puedo demostrarlo. Mirad. –Saqué la fotografía del bolsillo.

La alcaldesa Anderson con toda aquella comida y las lentejuelas. El brindis–. Esto es lo que hace cuando viaja a la ciudad. –Levanté la foto.

–¿Mags? ¿Magsie? –Era mi padre, que me estaba llamando desde la primera fila, con una voz suave y amable–. Ha sido una noche muy larga, cariño. Ha sido una semana muy dura. Tal vez sería mejor dejar que la alcaldesa se llevara a la chica y...

–¡No! –gritó una voz de entre la multitud.

Lindi.

Todo el mundo se volvió a mirar.

–Deberíais escuchar a Maggie –dijo–. El supuesto campamento ya no existe.

–¡Lindi! ¡Mi Lindi! –La señora Chowdhry se abrió paso entre el gentío.

La gente le hizo sitio, todos con la boca y los ojos abiertos de par en par. La mitad se apartó hacia la izquierda y la otra mitad hacia la derecha, y allí estaba Lindi, firme, ayudando a Jed a mantenerse en pie.

–¿Jed? –la voz de papá fue poco más que un susurro–. ¿Ese es Jed?

–Una, la errante, no ha hecho nada malo –Jed habló con la voz temblorosa–. Ella estaba con nosotros cuando empezó el incendio. Maggie nos rescató a los tres y nos trajo a casa. Ella es nuestra heroína.

–¿Alcaldesa Anderson? –dijo papá–. ¿Es eso cierto?

–No es lo que parece. No es en absoluto lo que parece. –La alcaldesa Anderson se frotó la cara, más ruborizada cada vez–. Yo me preocupo por vosotros, por todos vosotros. Os traigo gas, gasolina, ropa. ¿Recordáis el frío que hizo el penúltimo invierno? No habríamos sobrevivido sin las cosas que...

–¿Está tratando de decirnos que nos ha estado haciendo un favor? ¿Vendiendo a nuestros hijos? –La madre de Sally Owens se colocó frente al gentío.

La multitud comenzó a sulfurarse y a rugir.

El señor Owens se colocó por delante de su esposa. Apretó las manos en dos puños prietos y temblorosos.

Ahora ya no era Una la que necesitaba protección. Era la alcaldesa Anderson.

Yo me interpuse entre ella y el gentío.

Me coloqué justo en el medio.

–Que nadie le haga daño –dije–. Hoy ya no queremos que nadie más se haga daño. Encerradla, si queréis. Pero que nadie le haga daño. Escuchadme todos. Hay asuntos mucho más importantes que atender ahora mismo.

La multitud estiraba el cuello, se ponía de puntillas o asomaba la cabeza para alcanzar a verme. Estaban escuchando, escuchándome a mí, a Maggie la mediana. Tenían puesta toda su atención.

–En cuanto pueda, partiré de nuevo. Voy a regresar para ayudar a todos los mayores que estaban encerrados con Jed y Lindi, como prometí. Después, viajaré a la ciudad para tratar de traer de vuelta a todos los mayores que logre encontrar de Fennis Wick. Todo aquel que quiera acompañarme, será bienvenido.

La muchedumbre rugió. Algunos se acercaron, me cogieron y me levantaron, igual que si fuera una mayor. Como si fuera especial.

–¡Mag-gie! ¡Mag-gie! ¡Mag-gie! –jaleaban–. ¡Mag-gie! ¡Mag-gie! ¡Mag-gie!

MIÉRCOLES
10 DE SEPTIEMBRE

Capítulo 35

Mamá. Estaba acurrucadita en la cama de Lindi hasta que mejorara. O hasta que papá nos encontrase un lugar nuevo donde vivir.

La habían bañado y la habían arreglado. Lavado y besado. Atusado, acomodado y envuelto en sábanas de los Chowdhry adornadas con puntillas y encajes. Ahora ya ni siquiera parecía mamá. Cerré los ojos y enterré la cara en su cuerpo. Seguía oliendo a los campos de lodo de Fennis Wick. Era imposible desprenderse de eso. Lo tenía impregnado en la piel.

Le sobresalía un brazo de debajo de la colcha, que tenía entrelazado, de manera muy estrecha, con la mano de Jed. Él masticaba su millonésimo trozo de tarta dorada.

–Esto era lo que yo necesitaba –dijo–. Eso y un vaso de zumo de frambuesa.

Tenía un ojo morado, igual que lo había tenido Lindi una semana antes.

–Bueno. –El doctor Sunita depositó su maletín en el pie de la cama y lo cerró–. Necesitará muchos cuidados durante las próximas dos semanas, pero esta es una paciente que no me preocupa porque está, sin duda, en las mejores manos.

Trig me apartó a un lado.

–Necesita espacio para respirar, Maggie. Lo ha dicho el doctor Sunita, ¿a que sí, doctor? Es importante. –Estiró la colcha y cubrió a mamá–. ¿Necesitas más agua, mamá? Yo te la sostengo, si quieres. Aunque solo puedes beber pequeños sorbitos. Lo ha dicho el doctor Sunita. Y papá también. ¿A que sí, papá?

–Eso es –asintió papá–. Tienes que escuchar a Trig. Está pensando en dedicarse a la enfermería, como su padre, cuando acabe los estudios, y estoy seguro de que lo haría de maravilla.

Mamá protestó.

–Maggie, Jed, no podéis dejarme aquí con estos dos. Me van a matar a cuidados. –La voz se le quebró y carraspeó–. No puedo ni beber un vaso de agua sin que me echen la bronca. –Me guiñó un ojo.

–Tienes que dejar que tus pulmones se recuperen –dijo Trig.

–Totalmente –dijo el doctor Sunita.

En las mejores manos. El doctor tenía razón. No había que preocuparse por mamá. Papá y Trig estarían encima de ella como halcones. Y la señora Chowdhry también.

Se pondrá bien antes de que podamos darnos cuenta.

Tendrá que ponerse bien o la volverán loca.

–Estamos listos. –El señor Chowdhry asomó por la puerta–. ¿Estáis listos, Maggie, Jed?

–Yo continúo sin saber si esto es buena idea. –Papá me estrechó los hombros–. Ayer apenas podías caminar, Jed, y...

–Tenemos que ir, papá –le dije–. Y cuanto antes. Todos esos mayores siguen encerrados.

–Mi pequeña Maggie. –Me estrechó contra sí, me abrazó con mucha fuerza.

–No te preocupes, papá –dije–. Llevamos mucha ayuda. Una también viene, y el señor Opal, y muchos otros. No vamos solos.

–Claro que no. –Jed se limpió las migas de la tarta de la cara con la manga. El reloj del abuelo Cruise brilló en su muñeca–. La mitad del pueblo está ahí fuera, están dispuestos a seguir a Maggie adonde sea. Mirad por la ventana.

Allí estaban. Una larga hilera de ponis y carros, y de gente de todo el pueblo. La familia Merino al completo. El viejo Doddy Stanbury. El señor Webster. El señor y la señora Owens. Las hermanas Rickard con sus violines. Frederick, leyendo su libro en la parte trasera de un carruaje. Y Lindi, por supuesto, que había guardado un sitio a su lado para Jed.

Todos ellos estaban allí, esperando en la calle.

Esperándome a mí.

Hasta la alcaldesa Anderson estaba allí, flanqueada por Peg Goodman y el señor Temple. Iba a ayudarnos a encontrar a los mayores, tanto si quería como si no.

–Guau –dijo Trig–. Hay cientos de personas. Una, dos, tres...

–Y –masculló mamá– el señor Opal me ha prometido personalmente que enseñará a Jed y a Maggie todo lo que sabe sobre cómo sobrevivir cuando viajas por el mundo como viajan los errantes.

–El señor Opal no debería ir a ninguna parte. –El doctor Sunita levantó su maletín de la cama–. Esa pierna suya mejoraría más rápido con reposo y recuperación. Se lo he dicho, pero no me ha prestado la menor atención.

–No soporta quedarse en un mismo sitio, eso me ha dicho –comentó Jed–. Les ocurre a muchos errantes, dice.

–Dieciocho –sonrió Trig, satisfecho–. ¡Dieciocho caballos y dieciocho carros!

Mamá le tendió una mano a papá.

–Maggie va a traer a los mayores a casa. Y tiene muchos ayudantes. Y alguien tiene que quedarse aquí y asegurarse de que los campos y las vacas y los cultivos los estarán esperando cuando regresen.

Campos y vacas y cultivos.

Lo estaba dejando todo. Todo lo que sabía y lo que amaba y aquello en lo que confiaba.

El pecho me palpitaba.

Papá suspiró.

–Sí. De acuerdo. Vamos, venga. Acabad de despediros. Saldré a deciros adiós.

Volví a hundir la cabeza en el cuerpo de mi madre. Mojé sus sábanas con mis lágrimas. Ella me acarició la cabeza.

Su corazón latía bajo mi oreja. Yo respiré al mismo ritmo.

Dentro. Fuera. Dentro. Fuera. Dentro. Fuera.

Siente el miedo, Maggie. Siente el miedo.

Dentro. Fuera. Dentro. Fuera.

–Oh, Maggie, levanta de ahí. Estás arrugando las sábanas otra vez –me dijo Trig.

* * *

Íbamos a utilizar el carro de la alcaldesa Anderson y a *Melissa*, la yegua pinta.

El señor Opal se sentó a mi izquierda. Tenía el pelo limpio, llevaba toda la pierna vendada y un frasco de trellicilina en el bolsillo interior.

–En menos que canta el gallo te tendremos cavando hoyos para hacer fogatas, Maggie –dijo.

Una iba a mi derecha, lucía un vestido verde a cuadros nuevo y limpio. Un vestido de Lindi. Tal vez un poco grande, pero así estaba bien. De esa forma, le duraría más. Se colocó el pelo detrás de las orejas. Acto seguido, los mechones se le escaparon otra vez.

Melissa resoplaba a medida que caminaba. Avanzábamos a través de los campos de mariposas, la mejor ruta para un carro con caballo, según el señor Opal.

–¿Una? –dije.

–¿Mmmmm?

–Sigo sin ser capaz de mover las orejas.

–Solo ha pasado una semana. –Sus dientes separados dibujaron una sonrisa–. Vas a necesitar más tiempo de práctica.

¿Solo una semana?

¿De veras?

Solo una semana y todo había cambiado. Exactamente como había dicho Elsie.

Una vez más, me encontraba en el medio, apretujada entre los dos errantes más maravillosos del mundo entero. Pero en esa ocasión yo llevaba las riendas, y detrás de mí iban otros diecisiete caballos y diecisiete carretas; cargadas de madres, padres, hermanos, hermanas, tías, tíos y primos... todos ellos en busca de sus mayores.

Todos siguiéndome.

Cantando a medida que avanzábamos.

La nueva canción, que habían escrito las hermanas Rickard:

«Contemplo la noche, me asomo a la ventana.
Veo el fuerte resplandor, el corazón de una mediana.
Por todos los campos, del uno al otro confín,
cantaré su nombre desde el alba hasta el crepúsculo sin fin».

Cantaban con dulzura, con fuerza, con arrojo y con verdad.

Yo escuchaba atentamente.

Se oían ruidos por debajo de las voces.

El señor Gebby. Clanc, clanc, clanc.

Las vacas, que mugían, en el cruce del Salto.

El viento que mecía las hojas.

Un único grillo cantaba despistado sin saber que el verano había terminado.

También, allá a lo lejos, los viejos familiares difuntos se unían al desfile.

«Maggie, ¿podemos ir contigo?
¿Nos ayudas a salvar también a nuestros mayores?
Maggie, ¿nos guías para salir del pueblo?
¿Nos ayudas a traspasar nuestras fronteras?».

Una almirante rojo se posó sobre el lomo de *Melissa*. Anchas alas negras y brillantes rayas rojas. Imposible creer que antes hubiera sido oruga. *Melissa* la ahuyentó con la cola y ella pasó revoloteando por encima de la frontera hacia la que nos dirigíamos.

Epílogo

Catacraaacccccccc.

Mi madre asestó el primer golpe.

Mi padre y Trig sujetaban la escalera mientras ella rebanaba el cuello de Andrew Solsbury con un hacha. La cabeza rodó y se partió en dos al chocar contra el suelo de la plaza. Las palomas se dispersaron y echaron a volar, y todos los padres que se habían arremolinado en torno a la estatua cobijaron a los niños con sus brazos.

Con el segundo hachazo, le arrancó el brazo derecho.

–¡Guau! –exclamó Una con la boca llena de tarta dorada de mi padre–. Tu madre se lo ha tomado muy en serio, ¿no crees?

–Siempre es así. –El aire de noviembre me acarició la nuca. Me subí el cuello del abrigo.

Todo había sido idea de mi madre. Destruir la estatua y sustituirla por un monumento dedicado a todos los que habían ido al campamento en el pasado y jamás habían regresado. Incluso, tendría las inscripciones de los nombres. Quería que sirviera para conmemorar el recuerdo de Lil, Felix y todos los demás para siempre.

–Muy bien, ahora me toca a mí. –La señora Chowdhry ayudó a mamá a bajar y trepó escaleras arriba. Apenas podía levantar el hacha, pero eso no iba a detenerla. Arrancó un buen pedazo del brazo izquierdo.

–Mira. –Señalé hacia la lavandería–. Ahí está la alcaldesa..., digo Tasher... Anderson. –Estaba allí, con la espalda encorvada, y una carretilla delante, acompañada por Frederick. Le habían adjudicado la tarea de recoger los restos una vez que hubiéramos derribado la estatua, y Frederick era el encargado de asegurarse de que la cumpliera.

–Oh, sí. –Una se embutió el último trozo de pastel en la boca.

–Creo que no voy a acostumbrarme nunca a llamarla Tasher en lugar de alcaldesa –dije.

–¡Maggie, Una! ¿Sabéis qué? –Lindi llegó corriendo, con la falda volando a su espalda y Jed a la zaga con la lengua fuera–. Sally y Deb y todos los demás mayores han ido al cementerio y están echando abajo la frontera del seto.

–¿En serio?

Miré a Jed.

–Es cierto –dijo él.

–¡Pues claro que es cierto! –El morado del ojo de Lindi había desaparecido, y el de Jed también–. El señor Gebby les ha prestado sus herramientas. Nada podrá detenerlos. De hecho –Lindi volvió la vista atrás y después se inclinó hacia nosotras–, Beth Goodman dice que Deb Merino ha oído que el alcalde Wetheral comenta que quiere sacar a los hermanos Parker de la cárcel para hacer el trabajo duro. Dice que será «positivo para sus almas». Jed y yo vamos a ir a ayudarlos en cuanto hayamos podido pegarle un hachazo a Andrew Solsbury.

–Vamos, Maggie. –Una se limpió las manos en el jersey–. ¿Y si vamos a ver? A lo mejor nosotras también podemos ir a ayudar.

–Esperad, un momento. –Lindi sacó algo del bolsillo. Dos pequeñas bolsas con cierre de cuerda fabricadas con un retazo de trapo–. Son para vosotras. Una para cada una. –Las depositó en nuestras manos.

Abrí la bolsa e introduje los dedos. Había unas piezas diminutas. Muy delgadas y suaves. Saqué unas cuantas.

Eran unos redondeles brillantes. Plateados, morados, dorados.

Una frunció el entrecejo.

–¿Qué es esto?

–Lentejuelas –respondí. Las extendí en la palma de la mano–. Son preciosas.

–Sí que lo son. –Los dientes separados de Una dibujaron una sonrisa–. Gracias.

–Pensé que tal vez os gustaría utilizarlas en vuestros diarios de verano del año que viene. O donde queráis. Las bolsas las he fabricado yo. –Lindi tomó la mano de Jed–. Porque, bueno, quiero daros las gracias por, ya sabéis..., lo que habéis hecho.

Jed la miró como si fuera el ser más hermoso que jamás hubiera existido.

–Vamos, Lindi. –Y la tiró del brazo–. Quiero echarle mano a esa hacha antes de que tiren toda la estatua al suelo.

Volví a introducir todas las lentejuelas dentro de la bolsa con cuidado de no tirar ninguna. Después, estiré el cordón y me aseguré de que quedara bien cerrada.

–Vamos, Maggie. –Una me ofreció el codo–. Vamos a la frontera del seto.

Entrelacé mi brazo con el suyo y nos encaminamos hacia la calle de las Ranas.

Como hacen las amigas.

Agradecimientos

Quisiera mostrar mi inmenso agradecimiento a las siguientes personas:

A mi editora, Kirsty Stansfield, y al fantástico equipo de Nosy Crow por todo el trabajo que han dedicado a este libro.

Al ilustrador Matt Saunders y a la diseñadora Nicola Theobald por dotar de una belleza tan formidable a *Los del medio*.

A Nancy Miles por ser mi agente extraordinaria y defender a capa y espada *Los del medio* a lo largo de toda esta andadura.

A los profesores y los alumnos de MAWYP de la Universidad de BathSpa, y en especial al excelente grupo de 2016 por su amistad, su sabiduría y su honestidad.

A mi primer maestro de escritura creativa, Nicky Morris, y a todos mis brillantes colegas por creer en mi escritura desde el primer minuto.

A Jodie Hodges y Jenny Savill por los ánimos infundidos y las ideas aportadas en el proceso.

A Margaret, por su apoyo infinito.

A Simon, Dennis y Victor, por ser sencillamente las personas más maravillosas que conozco.

A Janice, Alan y Claire por ser mi madre, mi padre y mi hermana. Porque, sin ellos, Maggie no sería Maggie y yo no sería yo.

Índice

Kirsty Applebaum

Nació en Essex y creció en Hampshire. Ha ejercido diferentes oficios desde librera hasta profesora de Pilates. En la actualidad vive con su marido en lo alto de una colina en Winchester, al sur de Inglaterra.

Bambú Exit

Ana y la Sibila
Antonio Sánchez-Escalonilla

El libro azul
Lluís Prats

La canción de Shao Li
Marisol Ortiz de Zárate

La tuneladora
Fernando Lalana

El asunto Galindo
Fernando Lalana

El último muerto
Fernando Lalana

Amsterdam Solitaire
Fernando Lalana

Tigre, tigre
Lynne Reid Banks

Un día de trigo
Anna Cabeza

Cantan los gallos
Marisol Ortiz de Zárate

Ciudad de huérfanos
Avi

13 perros
Fernando Lalana

Nunca más
Fernando Lalana
José M.ª Almárcegui

No es invisible
Marcus Sedgwick

Las aventuras de George Macallan. Una bala perdida
Fernando Lalana

Big Game (Caza mayor)
Dan Smith

Las aventuras de George Macallan. Kansas City
Fernando Lalana

La artillería de Mr. Smith
Damián Montes

El matarife
Fernando Lalana

El hermano del tiempo
Miguel Sandín

El árbol de las mentiras
Frances Hardinge

Escartín en Lima
Fernando Lalana

Chatarra
Pádraig Kenny

La canción del cuco
Frances Hardinge

Atrapado en mi burbuja
Stewart Foster

El silencio de la rana
Miguel Sandín

13 perros y medio
Fernando Lalana

La guerra de los botones
Avi

Synchronicity
Víctor Panicello

La luz de las profundidades
Frances Hardinge

Los del medio
Kirsty Appelbaum

La última grulla de papel
Kerry Drewery